SHANGHAI LITERATURE & ART PUBLISHING GROUP

故事会
精品系列

故事会 ®

警世故事

I0517286

 上海锦绣文章出版社
上海故事会文化传媒有限公司

上海文艺出版（集团）有限公司

图书在版编目（CIP）数据

警世故事 《故事会》编辑部编 – 上海：上海锦绣文章出版社
（故事会精品系列） ISBN 978-7-5452-0269-4

Ⅰ．①警… Ⅱ．①故… Ⅲ．①故事 作品集 中国 当代 Ⅳ．I247.8

中国版本图书馆 CIP 数据核字（2009）第 028895 号

丛 书 名：故事会精品系列

书 名：警世故事

主 编：何承伟

编 委：何承伟 吴 伦 姚自豪 夏一鸣

责任编辑：刘迎曦 鲍 放

装帧设计：王 伟

责任督印：张 凯

出 版： 上海锦绣文章出版社

上海故事会文化传媒有限公司

POD 海外发行： 中国图书进出口上海公司

电话：021–36357888

传真：021–36357896

地址：上海市虹口区广中路 88 号

邮编：200083

海外 POD 发行版本

上海故事会文化传媒有限公司 出品（00246） www.storychina.cn

STORIES

目　录

视点聚焦

处事之道

社会百味

人生众相

岁月感悟

视 点 聚 焦

我们周围有光也有颜色,但是我们自己的眼里如果没有光和颜色,也就看不到外面的光和颜色了。

拍卖选举箱

　　万家庄这天开选举大会,有史以来第一次由全体村民直接选举村委会主任,所以人到得特别多,镇里还派了位姓王的副镇长到场压阵。

　　选举由村选举委员会主任,也就是村委会文书小李主持,他先讲了讲选举办法,又提出了监票、计票人名单,大家一一鼓掌通过,然后小李清点人数,分发选票,村民依次将选票投进主席台前那只选举箱里,接着开箱点票,又当众唱票、计票。这一切都进行得井然有序,一点不乱。

　　很快,选举结果出来了,原村委会主任万德理得票数高居榜首,依然当选为新一届村委会主任。当王副镇长宣布选举结果之后,文书小李带头鼓起掌来,并说:"欢迎万主任上台讲话!"

万德理一步三摇地走上主席台，干咳了两声，说："我没有什么话要讲，但我很感激大家信得过我，我一定好好干。为表示感谢，我特地准备了几箱雪糕，每人一块，解解渴。"

谁想他话音刚落，走上来一个名叫王晓春的年轻人，他说："万大叔，我祝贺你再次当选主任……"

万德理最不要看的就是这个王晓春，平时称他为"刁民"，但此时此刻，万德理表现得很大度，递上一块雪糕，说："来，先吃块雪糕降降温。"

王晓春用手一挡："谢谢万主任，我心里已经凉透了，用不着降温了。我只是有个要求……"

"什么要求？"

"能不能把这只选举箱给我留下作个纪念？"

万德理不觉一愣，摇摇头说："不行，这只箱子是村里花十几元钱特地做的，哪能随便给你！"

"我出钱买不行吗？"王晓春说着，扔了二十块钱，便要捧箱子。

万德理随手按住了箱子："慢，这是我们村的财产，得问问大伙，能不能卖？"

一伙年轻人异口同声地说："卖，卖！"

万德理一听急了，也甩出二十块钱："要卖也得先卖给我！"

王晓春问："那是为什么？就因为你是主任？"

万德理道："我今天是靠它当上主任的，我必须留它作纪念。"

"谁出的钱多卖给谁，天经地义，我出三十元！"王晓春又扔出了十元钱。

坐在一旁的王副镇长觉得奇怪：他们为啥争着要这只木头箱子，莫非……

他正想着，只听有人建议说："反正选举也结束了，干脆把选举箱拿来拍卖，请王副镇长做拍卖师，公平竞争，谁出价高就卖给谁,卖得的钱捐给敬老院。"

此话一出,引来一片赞同声,场上气氛十分热烈。

王副镇长当然义不容辞,说:"好吧,我就当一次拍卖师。现在选举箱的底价是三十元,谁再报价?"

万德理说:"我出四十元!"

王晓春紧跟:"我出五十元!"

两个人你追我赶,不一会儿,选举箱的身价已蹿到了二百五十元。

这时,万德理说话了:"咱们不能这样空口说白话,得用现金或存单抵押。"说着,他掏出一叠百元大钞往桌上一甩,摆出一副财大气粗的架势。

王晓春可没想到万德理会来这一手,因为他确实拿不出那么多钱。记得去年,他和村里十几个人合伙投资一万多元,办了个养鸡场,正当孵化小鸡需要用电时,因没有向万德理这位主任"进贡",万德理竟借口停了三天电,弄得鸡场半途而废,欠下一屁股债。想到这些,王晓春就一肚子气,可现在他口袋里掏不出一分钱来,这可咋办?

万德理乐了,嘿嘿一笑,说:"你又没钱,在这里充什么好汉?简直是胡闹!"

哪知他话刚说完,就听有人叫道:"钱,我们有!"

许多村民怀疑选举箱里有鬼,于是你掏五元、我出十元,一下子凑了五百元。

万德理不觉一惊,心里想:他妈的,难道今天要坏事?他牙一咬,站起来说:"我万德理倒不是硬要这只木头箱子,但今天到这个份上,我就是倾家荡产,也要打肿脸充胖子,这叫争气不争财,我出七百元!"

现在王晓春心里有底了:选举箱里肯定有鬼,好,我非把这个鬼捉出来不可!于是大声喊道:"我出八百元!"

万德理又是"嘿嘿"一笑:"钱呢?拿出来呀!"

王晓春朝大家看看，问道："谁借我五百元，三天内归还。"

没等下面反应，王晓春老婆急了，她说："乡亲们，你们千万别借钱给他，别说三天，三个月也还不出。晓春呀晓春，你硬要那只箱子干啥？真是宝贝咱也不稀罕！"

有人附和说："王晓春，算了吧，就七百元卖给村长得了。"

万德理来了劲："王晓春，算我认输，只要你当场拿出八百元，这宝贝箱子就归你了，怎么样？"

王晓春说："好，我家里还有只大肥猪，抵上！"

一听这话，他老婆冲上来骂道："你不想活了吗？告诉你，那头猪是我喂的，你无权处理！没经我同意，谁也别想动它一根毛！"说着，她就拖丈夫回家。可在这节骨眼上，王晓春哪肯轻易退场，他一甩手说："去去去，女人家头发长、见识短，别瞎掺和！"

王晓春的老婆是个刚烈女子，一听这话，气得七窍生烟，她"噔噔噔"跑到主席台上，冷不防抱起那只选举箱"叭"地摔到地上，一边用脚踹一边叫："我让你卖！我……"

可此时，人们万万没有想到，箱子一破，从里面掉出来一大堆纸片，拾起一看，全是选票。原来选举箱是经过精心设计的夹层箱，村民投的票都落在里层，两外层都是事先写好的假票。万德理之所以得票多，全是少数几个人串通作假的结果，是一大骗局。

这下王晓春的心放下了。他说，他之所以怀疑，原因有好几个：一，万德理当村长只知谋私利，村民恨都恨死了，不可能有那么多人投他的票；二，开出来的选票，笔迹大多相像；三，万德理死命争买选举箱，说明心里有鬼。

大家一听，都说王晓春机智，还称赞他老婆勇敢。对于万德理和那个文书小李，都恨不得拖来揍一顿，可他们此时早已溜走了。王副镇长说：谁破坏选举，就得负法律责任，逃也逃不掉！

选举重新进行，不用说，王晓春当选为万家庄的村委会主任。

（王永前）

（题图：刘斌昆）

毒不死的大狼狗

　　那天,青山从地里干活回来,进了院门,见妻子坐在地上哭得非常伤心,便问道:"这是怎么啦?"

　　妻子用手指指墙角边说:"你看看,家里十多只鸡都死光啦!"

　　青山别转头一看,心里"别"一跳,只见地上横一只、竖一只,都是死鸡。他心里就像针扎似的一阵阵发痛:"怎么死的?"

　　妻子愤愤道:"还不是被大狼狗咬死的!"

　　一听说大狼狗,青山不觉打了个"咯噔",因为他知道,大狼狗是村委主任的。村委主任霸道,狗也横行,经常咬死人家的鸡,不过以往只是咬死一两只,大家都自认晦气,忍了,而今天把他家十几只下蛋鸡全咬死,他急了。可是急有啥用,人家是村委主任,官不大权不小,惹不起呀!青山想到这里,也一屁股坐到地上,拍打着脑袋说:"天呐天,这日子怎么过呀?"

这时,只见他妻子止住了哭,一骨碌从地上爬起来,进屋拿出一只蛇皮袋,将十几只鸡装进袋里,扛起要走。

青山忙问:"你要干啥?"

妻子说:"这口气我咽不下,我找村委主任评理去!"

青山大吃一惊,一把拉住妻子说:"你吃了豹子胆么?现在你去跟人家一闹,今后就别想过太平日子!他是村委主任你不知道?"

"我管不了那么多,他欺人太甚。"

"他欺人再甚,我们也只能忍。你想想,这条狼狗哪家的鸡没咬过?人家都不吭声,我们为啥去吵?'出头椽子先烂',你懂吗?"

"那我们的鸡就这样白死啦?就是不去吵,也得用药把他那条狗毒死,为民除害。"

"这办法我也想到过,但不行呀,万一给村委主任知道了,我们就别想在村里待下去,还是忍一忍再说吧。"

夫妻两个就这样争了半天,也没争出个结果来。

第二天,那条大狼狗依然大摇大摆地来青山家,它左寻右觅,不见鸡的影子,便爬上餐桌,来了个狼吞虎咽,然后扬长而去。

这可把青山气了个鼻子朝天,他立即到街上买来老鼠药,放进肉包子里,单等大狼狗来享用。

时隔一天,村委主任的大狼狗果然又来了,青山见了好不开心,拿起有毒的肉包子想往地上扔,谁想那狗还没进门,在门外摇晃了几下已经倒下了,口吐白沫,四脚乱蹬,浑身抽筋,一看这模样就知道是吃了毒药了,如不赶紧抢救,很快就会死去。可是青山并不为此而高兴,反倒大喊妻子,要她快泡肥皂水救狗。

　　妻子很不情愿地说:"你是吃饱了撑的不成?"

　　青山说:"难怪人家说你们女人头发长、见识短,大狼狗这样死在我家门口,村委主任肯定以为是我们毒死的。"

　　妻子想想也对,便泡了一脸盆肥皂水,夫妻俩一起动手把它灌进狗肚子里,然后叫来村委主任,把情况添油加醋地一说,村委主任自然很感激。不一会,狗吐掉毒物,从地上爬起来,摇摇晃晃地跟村委主任回去了。

　　大狼狗很快康复,但它恶习不改,依然到处乱闯,不是咬这家的鸡,就是偷那家的食。大家对大狼狗恨之入骨,也抱怨起青山来,认为他救大狼狗是拍村委主任的马屁,所以见了青山都冷着脸,不理不睬的。这使青山很难受,他想来想去,于是又买了老鼠药和肉包子,决定要把这害人的大狼狗毒死。

　　狗似乎也通人性,自从青山救了它以后,再没来过他家。青山等了两天也见不到它,直到第三天,才在村口见到了大狼狗。青山一看周围没人,便引它回到家里,扔给它两个有毒的肉包子,看它吞进肚子后,就打发它走了。

　　青山以为,这下大狼狗是必死无疑了,哪里知道第二天,他发现村委主任的狗不但活着,而且活得好好的。一打听才知道,昨天大狼狗吃了他的包子,半路上毒性发作,倒在牛二家门口,牛二怕村委主任怀疑是他投毒,便用青山同样的方法救了大狼狗,这才使它安然无恙。

　　从此,常有人给大狼狗投毒食,每次它都照吃不误,但等毒性一发作,都会有人救它。因此村里人说:村委主任的狗,是只毒不死的大狼狗!

(作者:陈永林;讲述者:吴文昶)

(题图:魏忠善)

愤怒的火神

　　秦书记原本是东平县的副县长,前不久因分管的一家林场发生森林火灾,烧毁森林几千亩,被降职到湖东乡任党委书记。

　　俗话说,一朝被蛇咬,十年怕草绳。秦书记已被火搞怕了,上任第一天,就把各村和有关单位的头头召集来,宣布道:"眼下秋高气爽,空气干燥,是火灾多发季节,现在全县上下都在抓森林防火工作,我乡是林业大乡,防火任务十分艰巨,所以从今天起,务必在全乡范围内停止烧荒、炼山,严禁野外用火……"

　　真是越做法门越出鬼,秦书记的会刚开到一半,忽听窗外有人敲着铜锣大喊:"西郊火烧山啦,赶快救火,赶快救火!"原来一户农民烧秸秆跑火,把公路旁一片杉木幼林烧着了,由于久旱无雨,空气干燥,加之杉木幼林树冠矮、枯枝多,大火迅速蔓延,眨眼间就成了燎原之势。

秦书记一听到火烧山,吓得面如土色,赶忙叫来小车,让丁秘书带路,朝出事地点赶去。

来到火灾现场,秦书记下车往公路旁一站,却被眼前的一幕惊呆了:只见扑火的队伍如蚂蚁搬家,有的坐三轮车,有的驾拖拉机,有的骑摩托车,有的一路小跑,从四面八方赶来,争先恐后地拥上山,打的打、扑的扑,不到半个时辰就把大火扑灭了。经林业部门现场勘测,过火面积不到两亩,只算火警,还不算火灾。

秦书记虚惊一场,长长地舒了一口气,忽然眼睛一亮,蹦出一个想法:这可是个提着罗盘没处找的典型呀!要是将这里的做法总结提炼成经验材料推出去,嘿,说不定自己还可以将功补过,因"火"得福,东山再起呢!

秦书记于是对这里的防火工作大感兴趣,他把丁秘书叫来,问道:"咱们乡森林防火工作是怎么抓的,一定有许多值得总结推广的地方吧? 你先说说看。"

丁秘书"嘿嘿"一笑,说:"秦书记,我们的做法可独特啦! 我带你去一个地方看看。"

秦书记一听,更来劲了,把袖子一撸,说:"好,这就带我去!森林防火可是当前压倒一切的工作,刻不容缓呀!"说着,他把丁秘书叫上了小车。

小车三拐两转来到村头一棵大樟树下停了下来,秦书记钻出小车,抬眼往前望去,只见樟树下有座亭子,亭子内除了立一块石碑之外,并没有什么稀罕之处。他心里有些不高兴,虎着脸问道:"你这是什么意思呀?"

丁秘书笑了笑,走进亭子,拍了拍那块石碑,说:"秦书记,当地祖祖辈辈森林防火,靠的就是这个呀! 这可不是一般的石碑,它叫'防火碑',是清朝康熙年间立的,距今已有三百多年历史了,用现在的话说,叫'防火公约'。据说'防火碑'这三个字是村人请当时的县令题写的,碑文有十八条。你看,第三条规定:发生火烧山,不论男女老少,有扑火能力的都要上山扑火……我们搞的是人海战术,所以也不用专门的扑火队伍。"

秦书记一听,两眼鼓得老大,说:"怎么,咱们乡没有成立扑火应急小分队?没有专门的扑火队伍,那怎么行?俗话说'水火无情',这火又没长眼睛,七老八少的都上山,万一有个三长两短的,这个责任谁来负?你们的防火经费是怎么用的,为什么不成立专门的队伍?"

丁秘书看秦书记着急,连忙解释道:"我们哪用什么防火经费呀,扑火用的山耙、劈山刀、油锯什么的,都是群众自带的,扑火也不发工资。你看,防火碑第六条规定得清清楚楚,凡是参加扑火的,不论大小每人可分两块一斤重的粳米白粿饼,谁失火由谁出,从古至今雷打不动,所以不花公家一分钱。秦书记,你今天也算到现场指挥,按规定你也可以分两块白粿饼呐。"

"胡扯!"秦书记一听,大跳起来,"原来你们是这样搞防火的呀,都什么年代了还两斤白粿饼。两斤白粿饼能值多少钱?再说了,要是破不了案,找不到肇事者,或是遇到雷火,你找谁要白粿饼呀?哼!原来竟是个无防火队伍、无防火经费、无防火装备的'三无乡'呀,这样的乡出了问题,谁担当得起呀?你是分管林业的,你想过没有?"

"这……这……"丁秘书被秦书记一串连珠炮式的责问逼得答不上话来,支支吾吾好半天,才凑上去红着脸问道:"那……那你说该怎么办?"

秦书记也不说话,蹲在石阶上吸了好一会儿烟,然后把烟头一掐,站起身,硬邦邦地丢下四个字:"重新包装!"然后径直钻进了小车。

"重新包装?"这是什么意思呀?丁秘书挠一挠头皮,又不敢多问,只好跟着秦书记坐上小车,打道回府。

　　回到乡里，秦书记立即召开党政两套班子会议，成立森林防火指挥部，自己亲自挂帅任总指挥，丁秘书任常务副总指挥，还研究制定了防火费征收办法，同时招聘了四十个人，组成防火应急小分队，并在政府机关大院里腾出两个大房间，作为防火指挥部办公室和值班室，正式挂牌办公……一切按照秦书记的工作方案紧锣密鼓地进行着。

　　湖东乡可是个林业大乡，每天运毛竹、木材、笋干、茶叶的车辆不计其数，秦书记的工作就是过硬，所有林副产品进出都严格按照标准征收防火费，几个月下来，秦书记手头上的防火经费就达十多万元。有钱好办事，秦书记于是大笔一挥，给指挥部添置了摩托车、风力灭火机、扑火钢刷等防火器材，给指挥部和应急分队有关人员配了手机、传呼机、服装、头盔、防火靴等装备。平时不管有事没事，秦书记把应急分队拉出来，在乡政府门前广场上吆喝操练，嗬！一个个应急分队队员英姿飒爽，精神抖擞，令过往行人羡慕不已。节假日里，秦书记还把这拨人叫到馆子里聚一聚，年终评一评先进，表彰表彰……整个森林防火工作搞得有板有眼、有声有色、轰轰烈烈、风风火火，把个丁秘书佩服得五体投地。

　　转眼到了第二年秋季，又到了上下各级大张旗鼓抓森林防火的日子，而正好此时，县政府班子成员任期届满，到时将要作重大的人事调整。秦书记认为该出手的时机到了，于是让丁秘书将一年来森林防火方面的做法加工成经验材料，送往上级各有关部门和电台、电视台等新闻单位。

　　湖东乡的做法果然引起了上级有关部门的重视。这一天，秦书记正在办公室翻阅《防火简报》，丁秘书兴高采烈地跑进来说："秦书记，好消息，刚接到县委办的通知，市里决定本月十七号在我们乡召开全市森林防火经验交流会，推广我们的经验，各县市分管领导，本县各乡、镇书记和乡、镇长以及分管领导都要参加，有一百多人呐！"

秦书记高兴得蹦了起来："好！这正是我们所企盼的,我们一定要通过这次会议好好展示展示,把这个会开好,开出水平!"

"可是……"丁秘书高兴之余又带几分焦虑地说,"眼下正是秋收农忙季节,交流会要观摩应急分队表演,我担心应急分队人到不齐呀!"

桑书记眉头一皱,斩钉截铁地说:"这不行,哪怕是请人顶替,也要给我顶上四十个!"

"那……还有……"丁秘书看了秦书记一眼,又支支吾吾想说什么。

"还有什么?"秦书记瞪大双眼问。

丁秘书叹了一口气,说:"最近我听到一些风声,有村民反映我们收防火费是乱收费,增加农民负担,要集体上访告我们状,我担心这个会……"

秦书记"嘿嘿"一笑,说:"哼,这事早传到我这儿了,可我根本就不当一回事。现在做啥事背后没人说长道短呀,怎么做到百分之百没意见?你这个人怎么关键时候又怕这怕那的了?你要知道,我们的乌纱帽可不在那几个刁民的手上。我相信少数几个刁民也掀不起大浪,不过也不能马虎,会议一定要严密组织,该给派出所打招呼的要打个招呼,绝对不允许一些人趁机扰乱会场。"秦书记翻一翻桌面上的台历,接着说,"时间紧迫,别前怕狼后怕虎的,还是全力以赴做好各项准备工作吧!"

丁秘书于是马上组织机关工作人员打扫环境卫生,布置大会会场,准备会议伙食,打印会议材料,书写欢迎标语……把整个机关干部都调动起来了。

这一天,湖东乡张灯结彩终于迎来了各县市一百多位领导,乡政府门前广场上,光小车就停了三十几部。会议如期召开,根据日程安排,秦书记首先带领与会者参观各种图表摆布整齐的防火办公室、值班室,然后把应急分队拉到野外,亲自点燃一堆草垛,进行扑火实战观摩演习;最后又在雷鸣般的掌声中介绍森林防火经验……整个会议既开得隆重热烈,又非常顺利,根本没有出现丁秘书所担心的事。

乡领导讲话,县市领导表态发言,各项议程结束已到十二点,秦书记看看时间不早,把手一挥,将与会者带进乡政府食堂,进行最后一个议程——"干杯"。

大家杯来盏去正喝得高兴,也许是凑巧,由于应急分队扑火演习的火星没有灭干净,被风一吹,把乡林场的一片杉木林引着了,乡政府通信员送通知路过正好发现,匆匆忙忙跑来报告:"秦书记,不好啦,东郊林场火烧山啦!"

这一声喊,餐厅立即安静了,上百双眼睛全盯上了秦书记。

要是一年前,秦书记听到火烧山非尿一裤裆不可,可是今天已鸟枪换大炮了,他非但不怕,反而暗自欢喜:正好可在县市领导面前展示展示我们的扑火水平,让他们开开眼界。于是秦书记像个身经百战的指挥员,往啤酒箱上一站,拉开嗓门说:"诸位,对不起,搅了大家的酒兴,看来只好暂停一下,请大家辛苦一趟,到现场指点指点,等灭了这场火后再喝了。关公温酒斩华雄,我们也来一个温酒灭大火,啊!"说完,带着丁秘书抢先奔出了餐厅。

不一会儿,"呜——呜"乡政府六楼上空响起了刺耳的警报声,一辆墨绿色的三菱车——秦书记的指挥专座,随着警报声呼啸着冲出乡政府大门,朝火焰升起的地方飞逝而去。

不到十分钟,来到火灾现场,秦书记跳下车,双手叉腰往公路边一站,顿时傻了眼:一片杉木林正"噼噼"燃着大火,山上的柴草就像泼了汽油一样,一眨眼就连成了一条几十米长的火龙,往日那种人山人海的场面没有了,应急分队四十个人,到山上的只有三十几个,尽管他们的扑火工具十分先进,可是人少火大,三十几个人就像绒毛鸡碰到大头虫,不知从何下手,顾得了头却顾不上尾,扑得了东边却顾不了西边,无论他们怎样奋力扑救,也控制不了火势。

秦书记急坏了,赶忙拿起手机拨通了正在家组织人员的丁秘书:"人呢,应急分队还有人呢?"

丁秘书喘着粗气说:"四个中午喝醉了酒,三个外出打工,两个生病,上午顶替演习的五个四川民工,演习一结束就领了工钱走人了,其他该上山的都上山了!"

秦书记气得跺着脚直嚷:"还有群众呢,为什么看不到一个群众?"

丁秘书带着哭腔说:"他们不肯上山,正围着我提条件呐!"

"提什么条件?"

"要求取消征收防火费!"

秦书记一听,吓得"扑咚"一声栽倒在地。此刻大火已失去控制,满山遍野已成火海,即使群众赶来也无济于事了,秦书记呆呆地坐在地上,眼睁睁地看着大火任意肆虐,把三百多亩杉木林烧了个精光,直烧到防火隔离带,自熄自灭为止。

这时,丁秘书带着开会的几十部小车赶来了,秦书记目光呆滞地瘫坐在公路旁,他看看身后黑乎乎正冒着余烟的大片山场,再看看正朝他走来的市县领导,不由自主地摸了摸头顶,心里想:这顶乌纱帽再往下撤,怕是要到村里去了。

(谢元清)

(题图:黄全昌)

红牌牌绿牌牌

　　农历九月初九那天,八里庄的胡春去城里赶集。八里庄离县城只有八里地,又是柏油路,所以骑车子一会儿就到了,跟在村里串门儿一样方便,也就是抬抬腿的工夫。

　　胡春是去卖豆芽菜的,菜卖完了,装在口袋里的钱却被人偷走了。胡春骂了半天小偷不是东西,骂着骂着,竟"扑簌簌"流下两行泪水来。胡春一是心疼那钱,觉得自己好没出息,三十多岁的汉子咋就这么窝囊;二是觉得自己回去以后没法向媳妇交代,那钱是给媳妇买药的,买不回药去,岂不让媳妇生气?

　　时间已是正午,胡春饿着肚子却不敢回家,只好苦着个脸在街上转来转去,看那秋风中的黄叶悠悠地飘零。胡春觉得自己也是一片黄叶,饥肠辘辘,今天不知会飘到哪里去。

正在这时，突然有人拍他的肩头，他扭头一看，是表哥张大水。

张大水是邻乡很有名气的乡长，比他大一岁。胡春挺惊奇地拉住张大水的手说："表哥，怎么这么巧，会在这里见到你，开会来的？"

"是啊！"张大水说，"来开秋粮征购会。"

胡春这才注意到，张大水的胸前别着一个出席会议的红牌牌。胡春问："家里我舅舅他们身体好么？"

张大水说："好，他们都好。"

两个人寒暄了几句。此时胡春饿得肚子咕咕叫，又不好意思对张大水直说。张大水扫了他一眼，拉上他就走，胡春问去哪儿，张大水说去招待所吃饭，他们开会的人就在招待所吃住。

胡春的脸"刷"的一下就红了，停了脚步，犹疑着问："那是你们的会，人家让我吃吗？"

张大水说："怎么不让吃？参加会议的人有县里的，有乡里的，还有村里的，那么多人吃饭，不差你一个，白吃饭的人多着哩！"

胡春说："可是你胸前别着出席证，我没有这个牌牌，还不让人家轰出来？"

张大水笑了："你别担心，这个牌牌只是个样子，不别这个牌牌也照样能吃饭！"说完，他就把自己胸前的红牌牌拿下来，别在了胡春的胸前，"这回你放心了吧？"

胡春心想：表哥说的也是，再说自己一顿饭又能吃多少，去就去吧。他低头看了看表哥别在自己胸前的红牌牌，把胸脯挺了挺，就跟着张大水去了招待所。

此刻正是开饭的时间，那么大的餐厅，那么多的人，熙熙攘攘，谁还顾得上问你一声是从哪来的。倒是胡春，很认真地把他的前后左右看了看，发现那些人中果然有别牌牌的，也有不别牌牌的,不过无论别牌牌的还是不别牌牌的,个个都是喜笑颜开的样子,都在大大方方地忙着找座位,一张桌子上只要凑够十个人就开饭。

张大水拉着胡春在一张很大的圆桌前坐了下来。只见桌子上已经摆满了鸡鸭鱼肉、生猛海鲜,还有白酒和啤酒,还有高档香烟。胡春从没见过这么盛大的酒宴场合,凑近张大水的耳朵悄悄问:"你们天天吃这?顿顿吃这?这一顿饭得花多少钱哪?"

张大水瞥了他一眼:"今天是你赶对点儿了,我们下午散会,中午这是会餐。"

胡春又问:"那要是不会餐呢?"

张大水说:"不会餐是十二个菜,会餐是二十二个菜;不会餐时吃饭的人少,会餐时吃饭的人多。"

正说着话的时候,这一桌陆陆续续十个人坐满了,于是也不用谁招呼,大家立刻就开始忙着喝酒,忙着吃菜,忙着说笑话,那笑话还有荤的,个个大笑不止。

这时候,胡春突然发现坐在他对面的那个人老是在看他,看他的脸,看他胸前别着的牌牌,胡春做贼心虚,就尽量避开那个人的眼光,自个儿低着头吃。可是想不到那个人竟站起身来,举了酒杯要和胡春碰杯喝酒。那个人说:"这位兄弟,咱是初次见面,咱得喝杯认识酒,喝了这杯酒,交情你有我有大家有!"

胡春胆小,红了脸站在那里不知道该怎么说。张大水忙给他们介绍:"表弟,你快碰杯呀,这是咱们办公室的刘强主任,我和他是哥们。"又对刘强说:"这是我表弟胡春,我们乡里新上任的村支部书记,刚从外地参观回来,今天上午特地赶来听大会报告的。"

胡春在边上一听,心里顿时狂跳不止:表哥怎么这么说话,自己连个党员都不是啊!可又不便当面讲穿,只好装装样子去和人家刘主任碰杯。

　　才抿了一小口，忽然满桌子的人都端着酒杯站了起来，脸上堆满了谦恭的笑意。胡春不知道出了什么情况，傻傻地愣在那里，只听一阵"主任好、主任好"的问候声，一个胖胖的颇有风度的人从隔壁桌子走了过来，胡春这时方才明白，原来是领导来给大家敬酒了。

　　胡春的腿不由打起抖来，往起站了几次，好不容易才站稳了身子，脸上挤出几丝笑容。他怕领导识破自己的身份，怕自己给表哥惹出什么祸来，还怕事情传出去之后会被乡亲们耻笑，这么一怕，他就想赶紧悄悄离开这个是非之地。

　　可是他还没开溜，表哥张大水就一把拉住了他："你给我站好，你给我笑好，你胸前别着出席证，你不就是一代表么？"

　　这时候，领导正笑容可掬地一个一个和这桌的人碰杯，向大家问候祝福，请大家吃好喝好。领导一而再、再而三地说："同志们辛苦了，同志们要保重身体，把工作做好。"走到胡春跟前和他握手碰杯时，领导对胡春说："你很年轻啊，朝气蓬勃，让人羡慕啊！"

　　胡春正不知怎么回答哩，张大水在桌子底下狠狠踩了他一脚，胡春急得额头上冒出一层汗。不过这一急倒也急出一句大白话来，胡春说："谢谢领导，谢谢领导，领导永远年轻！"

　　领导感慨地说："你们基层干部担子很重，生活很苦，你们很不容易哪！"

　　胡春立刻点点头："谢谢领导关心，请领导保重身体，火车跑得快，全靠车头带啊！"

　　领导一听哈哈大笑："好，好，你这个同志很会讲话，我再敬你一杯！"随后，领导满面春风地端着酒杯到下一桌敬酒去了。

　　胡春此时双腿一软，"扑通"一声跌坐在凳子上：谢天谢地，总算没有被领导看出破绽。

　　散席的时候，已经是下午三点了，张大水把桌子上吃剩下的鸡鸭鱼肉全都打包装给了胡春,还让他带走三瓶未开封的白酒,两盒上好的烟。

胡春满心欢喜地说:"表哥,咋样,我没给你丢丑,没出什么纰漏吧? 你不知道,我真怕万一领导问我是哪个村的、姓什么叫什么,那我可就没辙啦!"

张大水"嘿嘿"边笑边摇头:"这种热闹的场合,领导怎么可能问你这么具体的问题,他问得过来吗? 就是问了,他也记不住,领导只管问不管记,这一桌问了,到下一桌就忘光啦,放心吧,下回见了面他照样不认识你。"

胡春是在天傍黑的时候回到家里的,三瓶白酒,他在县城的铺子里处理掉了两瓶,用这换来的酒钱给媳妇买了药,剩下的那一瓶他带回来孝敬自己父亲;至于那一大袋子的鸡鸭鱼肉,他把它全搁在了自家人的饭桌上。

一个星期之后,胡春又去城里卖菜,卖完时又是中午吃饭时间,他推着车子正要往回家路上赶,忽然听见有人喊他一声:"胡春兄弟!"回头一看,原来是上回在饭桌上认识的那个刘主任刘强,胸前别着一张绿色的出席证,正站在街口笑嘻嘻地向他招手。

胡春走过去,刘强紧紧握住他的手问:"胡支书,你这是去哪儿?"

胡春愣了一下才回过神来:表哥上回不是介绍自己是新上任的村支书吗,刘强叫的"胡支书"其实就是在叫他,于是赶紧回答说:"我刚卖完了菜,准备回家。"

刘强说:"你是张大水的表弟,也就是我的表弟,走,跟我吃饭去。"

胡春吓得连连摆手:"不行不行,刘主任,要吃吃我的,我今天兜里有钱。"

刘强拉起他就走:"兄弟,你真是个实在人,我能让你掏钱么？你尽管跟我走，我是让你跟我到招待所去，咱们去吃会议上的饭！你看见我别着的这个绿牌牌了吧，水利局正在那里开会，伙食好啊！"

胡春立刻想起上回跟着表哥蹭饭吃的事儿，那满满一桌山珍海味"刷"地出现在他脑海里，他犹疑着："可是，那饭……能吃吗？"

刘强在他肩上狠狠拍了一下，说："兄弟，你是支部书记，想当个代表还不容易？"说着就把自己胸前的绿牌牌摘下来，别在胡春的胸前："出席证上又没印照片，谁别谁就是代表，谁别谁就能吃饭。哼，就是印上照片，餐厅里也不会一个个地查你，来的都是客，没有关系他来得了吗？"

胡春不好意思地说："那你……刘主任，你没了出席证……"

刘强哈哈大笑："好我的兄弟，我这张脸就是出席证，来开会的谁不认识我呀？凭我这张脸，吃遍天下都不愁！"

胡春于是就跟着刘强往招待所走。

此刻，胡春家的抽屉里，已经躺着上次表哥张大水给他的那个红牌牌。张大水告诉他，以后县里只要开这个别着红牌牌的会，他就可以正大光明地进去吃饭，吃饱喝足了再出来。张大水还告诉他，县里的出席证只有两种，要么是红的，要么是绿的。胡春心想：我已经有了一个红牌牌，现在又有了一个绿牌牌，难道今后只要县里开会，我都可以进去吃？

他正胡思乱想着，只听刘强"嘿嘿"笑着，得意地附着他的耳朵悄悄说："以后来县里就来找我，我回回请你吃这样的饭。"

"回回？"胡春愣愣地站住了，"不会这么巧吧，哪有回回正碰上你开会的？"

"哈，开会有什么了不起？开会就是我们的工作嘛，不开会干啥？今天这个水利会散了，接下来还有交通会、税务会、文化会、教育会、植树造林会、计划生育会……这会那会的，一开就开到年底,开到过年了!"他一边说着,一边就把胡春拉进了招待所的大门。

餐厅里,依然是那样的熙熙攘攘,依然是十个人一桌,依然是坐满了就吃。吃饱喝足了,临走时,刘强也把桌上吃剩下的都替胡春打了包。

有了这两次蹭饭吃的经历,胡春如今胆子也大了,那红牌牌、绿牌牌不是躺在他家的抽屉里,而是揣进了他随身的衣兜里,胡春还因此觉得非常得意哩!

可是有一天,胡春却实实在在地傻眼了:在县城卖菜时他碰上了一个小偷,幸亏警惕性高,手眼灵活,他一把就将那个小偷抓住了。把小偷按倒在地的时候,他伸手去掏小偷衣兜里被偷去的钱,谁知却掏出一把出席各种会议的牌子来,可不就是那些红牌牌绿牌牌!

(赵　新)

(题图:杨宏富)

英魂难眠

　　三年前，一个小女孩不慎落水，十八岁的刘兵奋不顾身地跳下去救她，结果小女孩被救了上来，可刘兵自己却牺牲了。

　　刘兵被追认为革命烈士，一时间，"向刘兵学习"的活动搞得轰轰烈烈，乡里的郝乡长还领着乡政府一帮人来刘家慰问，说要为刘兵修一座烈士墓。

　　说是这么说了，可最后事情却像一阵风似的过去了，烈士墓不但没有修，而且按规定每个月发给烈士家属的一百元抚恤金，也只给了八个月之后就没有了。

　　刘兵的父亲刘一文是个老实巴交的农民，他几次想到乡里去要，但每次走到乡政府门口，都吓得打了退堂鼓。

　　这年春天，刘一文举家南下去打工，临走的时候，他对他的弟弟刘一化说:"哪天乡里真修墓了,你马上给我打电话。还有,如果又发抚恤金了,你就先替我保管着。"

刘一化是个急性子,哥哥走后,他一有时间就到乡政府去为哥哥要抚恤金,可老碰鼻子灰。次数多了,乡里就有人偷偷告诉他,这钱其实上面每个月都发,全被郝乡长挪作他用了。

刘一化听了心里很难过,就跑到小酒馆里喝起了闷酒,不知不觉喝多了,出了小酒馆,他晃晃悠悠地往家里走,走过一个荒山冈时,酒劲一上来,只觉得天旋地转,一屁股坐在地上,昏睡了过去。

也不知睡了多长时间,刘一化被一阵"砰砰砰"的刨地声惊醒,睁开眼睛一看,只见有个老头,正在往地里埋什么,他走过去问:"大哥,你埋什么呢?"老头头也不抬,说:"埋骨灰盒。"

刘一化嘀咕着:这是荒山冈,谁的骨灰盒往这埋?他没开口问,老头倒又说开了:"咳,说来话长啊,三年前,不是有个叫刘兵的孩子吗?为了救人,被淹死了,当时乡里说给他修个墓,可后来不知怎么,再没人提这事儿了,他的骨灰盒就一直扔在我们敬老院的仓库里,都被耗子啃了。头些日子,老院长死了,来了个新院长,带人里里外外把敬老院统统清理了一遍,说仓库不是存骨灰盒的地方,既然没人管,就叫我扔了。我想,不管咋的,这也是烈士的骨灰啊,咱不该随便扔啊,你说是不是?我看这地方有山有水的,就把它埋在这!"

一听老头这话,刘一化的眼泪不禁"扑簌簌"地滚落下来。他心里想:侄子啊,你为了救人把命都丢了,可到最后却连个安身之地都没有,天理难容啊!可是,他想来想去实在没个办法,于是回家后就鼓起勇气给报社打电话。报社记者听说后十分震惊,当即下来采访,第二天,一篇题为"英魂难眠"的文章就上了头版头条。

一石激起千重浪!文章见报后,在社会上引起强烈反响,市民们对郝乡长一伙的做法骂声载道,市长在电话里把县长一顿训斥,县长又把郝乡长一顿痛骂,最后警告他说:"这件事你如果处理不好,你这个乡长就地免职!"

郝乡长一脸茄子皮色,垂头丧气地把全乡干部叫到一起开紧急会议。会议的第一件事,就是罢免上任不久的那个敬老院院长;之后,他宣布立刻修建刘兵的烈士墓,三天之后,举行隆重仪式,安葬烈士骨灰。郝乡长黑着脸说:"这是当前压倒一切的头等大事,谁再惹出乱子,谁就马上给我走人!"

安排完工作之后,郝乡长领着一伙人急匆匆来到敬老院,找到那个埋刘兵骨灰盒的老头,让他领着来到山冈上,不料那骨灰盒竟然不翼而飞了,只剩下一个空空的土坑在那里。郝乡长一看,急得差点没一头栽倒在土坑里。烈士的骨灰丢了,三天之后拿什么下葬? 他心里真是搞不明白:有挖金、挖银的,怎么还有挖骨灰盒的? 这不是存心跟我过不去吗?

但郝乡长不敢把事情弄大,他一边让身边人绝对保密,一边火速把各村村主任找来,指示他们立刻悄悄去四处寻找,许诺谁找到谁定有重赏。随后,他自己就回到办公室,守在电话机旁,焦急地等待消息,那可真是度日如年啊!

郝乡长在熬煎中度过了两个不眠之夜,烈士墓按时竣工,眼看第二天就要举行安葬仪式,当天夜里,郝乡长如坐针毡,他不知道到时候县里、市里的领导来了,自己怎么交代?

就在这时,电话铃响了,电话那头是一个男人的声音:"郝乡长,你不是在找刘兵的骨灰盒吗? 我知道它在哪里,也可以马上给你送去,但是……"

郝乡长一听高兴死了,他本以为这人会趁机敲一大笔钱,可他却提出只要二千八百块。郝乡长怕他是假冒的,一面答应他的要求,叫他立即把骨灰盒送到乡政府来,一面又连夜让人把敬老院那老头接来,当面辨认。

不一会儿,果然有一个人抱着一只骨灰盒匆匆来到了乡政府。原来这个人不是别人,正是刘兵的亲叔叔刘一化。刘一化告诉敬老院老头：他原先埋的那地方朝向不好，所以他后来就把骨灰盒挖出来，找个朝向好的地方重新埋了。昨天，他听说乡里终于把刘兵的烈士墓修好了，这才又把它挖了出来。

敬老院老头抚摸着刘一化送来的骨灰盒，对郝乡长说："没错，就是它。这不，这儿还有一个被耗子啃的洞呢！"

郝乡长拿到骨灰盒心定了，就阴沉着脸对刘一化说："你拿你侄子的骨灰盒来敲诈我，你就不怕我把你抓起来？"

刘一化看看郝乡长，摇摇头说："怎么是我在敲诈你？你知道我为什么向你要这二千八百块钱吗？告诉你，我侄子已经牺牲整整三年了，按规定，应该给我哥哥三千六百块抚恤金，可你们只给了八百块，其余的二千八百块都被你派了别的用处。你说，我这是敲诈吗？"

郝乡长被刘一化说得哑口无言。

第二天，刘兵烈士骨灰安葬仪式如期举行，场面十分隆重，当地的电台、电视台、报社等新闻媒体都派来记者进行采访，当郝乡长捧着骨灰盒一步一步走向墓地的时候，所有的镜头都对准了他——郝乡长对上对下总算都有了一个圆满的交代。

仪式一结束，郝乡长就回到了乡政府，往沙发上一坐，浑身像散了架一样，这时他才想起自己已经三天三夜没合眼了。

眼睛刚闭上，就响起了敲门声，郝乡长懒得起来，吼了声："自己进来，门开着呢！"

只见门被轻轻地推开了，一个衣衫不整的农民探进身来，郝乡长睁眼一看，竟是刘兵的父亲刘一文。

刘一文抹了把脑门的汗水，说："郝乡长，我接到电话就往回赶，刚刚才下车。我儿子的骨灰……"

郝乡长朝他挥挥手，说："安葬了！我姓郝的说话历来算数，说修墓就修墓，这回你满意了吧？"

"可是……"

"可是什么?"

"可是我儿子的骨灰盒刚拿回来啊,怎么已经葬了?"刘一文说着,把怀里的一个布包小心翼翼地放在郝乡长的面前。

"什么? 你说什么?"郝乡长从沙发上跳了起来,"你儿子的骨灰盒不是放在敬老院仓库里的吗?"

刘一文点点头说:"是啊,原先是放在那里的,可我怕放在那里时间长了,被耗子啃了,所以南下的时候就把它一起带去了。这事,老院长知道啊!"

"老院长……老院长早死了! 那我问你,敬老院仓库里那个骨灰盒是谁的?"

"听老院长说,那是一个无儿无女的老寡妇的。"

天哪,轰轰烈烈安葬的竟是一个老寡妇的骨灰? 郝乡长只觉眼前一片漆黑,他知道,这回惹下的祸,他怎么也摆不平了,只要刘一文走出这屋子一喊,他姓郝的就将身败名裂! 他顿时像泄了气的皮球,一屁股瘫了下来。

而这个时候,刘一文更是欲哭无泪。他虽说人在南方打工,可却天天盼、夜夜盼,就盼乡里早点把烈士墓修了,好让儿子有个安身之处。如今终于盼到这一天,弟弟刘一化给他来电话了,可是刚说了安葬仪式的日子,电话就断线了。他一算时间紧迫,立刻倾尽身上所有,买了一张飞机票匆匆赶回来,没想到这里竟闹出这么一场荒唐戏……

刘一文没有吵没有闹,也没有上访告状,而是悄悄回了南方,这一走他就再也没有回来;他儿子刘兵的骨灰最后到底埋到了什么地方,谁也不知道。

而乡里修的那个烈士墓至今仍在,每到清明节的时候,前来祭扫的人一拨接着一拨……

（张国心）

（题图:魏忠善）

追踪白灵

这天,报社接到一个投诉电话,说市郊有家私营食品厂的卫生有问题,领导便派阿南以一个批发商的身份前去暗访。然而,几个车间观察下来,没有什么收获,却发现那些干活的人群中,有一个稚气未脱的女孩。女孩尽管穿着又大又老气的成人衣服,仍掩饰不住她那瘦小的身体。

趁老板不注意的时候,阿南悄悄走上去,和颜悦色地跟她套近乎:"你叫什么名字呀?"

"我姓白,叫白灵。"

"白灵?哟,这名字好听!你今年多大啦?"

女孩抬眼看了看阿南,却再不肯开口了,低下头去只顾干活儿。她面前,是成堆的瓶子和一把固定的电动洗瓶刷,由于个头太矮,她脚底下垫着几块砖头,一双被水泡得红肿的小手,在麻利而机械地操作着,疲倦的脸上挂满了汗珠。

这可怜的孩子! 她该是上学读书的年龄呀,怎么能在这儿做童工呢? 阿南心里颤抖着,走出厂子就打电话。市劳动监察大队很快就来了人,一查,白灵果然才只有十五岁,是辍学后被一个老工人从外地带来的,她家在偏僻的山区。

按照企业禁止使用童工的法律法规,这家私营食品厂的老板受到了处罚,并被责令尽快将白灵护送回乡。出于牵挂,阿南留下了白灵的家庭地址,白灵离开的那天,他特意到车站去送,还和她合了影。以此为素材的新闻稿在省报刊出后,阿南又将报纸连同照片一起寄给了白灵。

两个月后,一条信息从白灵家乡的村委会反馈到报社,说白灵回家后生活得很好,现在已经继续上学,还被评上了三好学生。这个消息,让阿南感到无比欣慰,正巧此时报社需要反映贫困地区孩子求学方面的报道,阿南便决定追踪采访,写一篇有关白灵的续篇报道来。在征得领导同意后,他便出发去白灵家乡。

辗转找到那里,已经是这天的傍晚时分,负责接待的是村委会阮主任。听阿南说明来意之后,阮主任不由愣了一愣,说:"去白灵家还有十多里路哩,得翻两个山冈,你今天赶路也累了,不如先歇下再说?"

阿南摇摇头:"不累不累,你能不能找个人现在就陪我过去? 我年轻,赶这点路算什么!"

阮主任讪讪地笑着,搓搓手,又说:"记者同志,你来得不巧啊! 不瞒你说,白灵昨天向老师请假,去山外她姨家了,明天指不定回来。"

没办法,阿南只好跟着阮主任去附近的一家个体旅馆,先住了下来。

这晚,旅馆里没有其他客人,阿南在房间里看了会电视,就独自睡下了,远离喧闹的城市,阿南感觉山村的夜晚特别宁静。可没想他刚刚迷糊上,就被耳旁一种"沙沙沙"的声音惊醒,又感觉身下鼓鼓的,像是什么东西在被褥里蠕动。阿南一个激灵从床上跳起来,拧亮床头灯,掀开被褥一看,妈呀,是一条昂头扭动着身躯的蟒蛇!

蟒蛇虽不会咬人,也没有毒,却吓得阿南浑身直起鸡皮疙瘩。他赶紧叫来旅馆老板,老板也吓傻了,好半天才抖抖索索捉起那条蟒蛇,把它扔到了外面,然后又给阿南换了一个房间,说了很多宽慰的话儿。

经过这一番折腾,阿南怎么也睡不着了。他想:被褥里哪来的蛇呢?会不会是有人故意放的?他越想越后怕,不敢关灯,就和衣在床上躺了下来,心里直发毛。岂料到后半夜,他刚有些倦意,突然又是"哗啦啦"一声,房间的窗子被什么东西砸了,碎玻璃差点溅到他身上。

阿南一骨碌从床上跳下来,奔到窗前探头一看,只见有个人正朝屋后的村子里狂奔,拐进了路旁的树林里。借着淡淡的月光,阿南看清了那个人,裹着头巾,左胳膊的衣袖管空荡荡的——是个独臂女人。

凭直觉,阿南立刻感到今晚这两件事绝非偶然,一定和这个独臂女人有关,并且很可能就是冲着自己来的,她熟悉这儿的环境,应该就是这儿的人。

第二天一大早,阮主任就匆匆赶来了,他显然已经知道了昨晚发生的事情,拼命向阿南赔不是:"怪我,都怪我,没把你安顿好。"

阿南朝阮主任摆摆手:"这怎么能怪你呢?不过阮主任,我很想见见这个独臂女人,她说不定就是你们这儿的人吧?"

阮主任迟疑片刻,点了点头,随后就领着阿南去旅馆后面的那个村落,从一个简陋的破屋里拽出一个独臂的女人来,阿南一眼就认了出来,正是她!

只见这女人面黄肌瘦,两鬓花白,看上去有四五十岁的样子。此刻,她毫不慌张地站在阿南面前,两只浑浊的眼睛死死地盯着阿南,目光里充满了仇恨。

这反倒让阿南有些乱了阵脚:"你……昨晚……是你干的?"

女人坦荡得出奇:"哼!知道了还问?"

"你,你为什么要这么干?我们并不认识呀!"

女人磨着牙,喊起来:"我要报复你!我要让你也不得安生!"

"报复我?"阿南简直是一头雾水,"大嫂,我跟你无冤无仇的呀?"

"亏你说得出口!"女人"呼哧呼哧"地喘着粗气,突然不顾一切地朝阿南扑过来,"你干的好事,你毁了我女儿!"

"住手!"阮主任看到,急忙呵斥一声,用力把她挡开了,又将阿南拉到一旁,悄声道:"她就是白灵的母亲。"

"白灵的母亲?"阿南一怔,越发糊涂了,"她女儿去做童工,我把她解救回来,这难道……"

"问题就在这里!"阮主任对阿南说,"你别看白灵小,她在那里干,一天能挣二十多块钱呢,人家老板也是可怜这孩子才照顾着收下的。你把她解救回家,不就断了她的路呀?"

阿南听不明白:"她才十五岁呀!她这个年龄,该是读书的时候啊!何况童工是禁止的!"

阮主任脸色阴沉地说:"我知道你做得没错。可白灵父亲死得早,母亲又这个样,在我们这个穷地方,她这种情况除了出去做童工,还能有啥办法?孩子也有自己的理想啊,她本想先干活,等挣够了她的学费,就回来继续读书。你这一弄,她全完了!回来后,为了能重新上学,白灵只好每天去山里采野山菇卖钱……"

"那她现在呢？现在怎么样了？"阿南迫不及待地问。

"现在？哪还有现在！"阮主任深深地叹了一口气，"那天她进山采菇的时候，被毒蛇咬死了。"

怎么会是这样？阿南拿出那份以村委会名义写给报社的信，问阮主任："你们不是说，她被解救回家后生活得很好，还上学了吗？"

阮主任红着脸挠挠头，半晌才讷讷地说："现在都兴报喜不报忧，这事儿万一被曝光上报，总不是好事吧？所以我们就……"

阮主任正说到这儿，白灵的母亲忽然又将一张纸狠狠掷到阿南面前："你拿走吧！拿走！拿走！"

阿南捡起来一看，正是当时他在车站和白灵照的那张合影，不过现在上面写满了字：恨你！恨你！恨你……字迹下，阿南的身上、头上，几乎都是密密麻麻的蜂窝孔。显然，这是被针尖或小刀一下一下狠狠刺的。

一种深深的悲哀，涌上了阿南的心头，这是一篇无法续写的追踪报道！

离开村子时，阿南特地绕过怪石嶙峋的山坡，含泪来到白灵的坟头。寒风中，只见片片雪花飘落在枯萎的荒草上，小小的土坟显得格外孤苦和凄凉，阿南似乎感到白灵正睁着一双困惑的眼睛在看着他，那眼睛里还充满着一种渴望，如泣如诉……

（叶林生）

（题图：安玉民）

"坦克帽"，你在哪里

　　唐大弟的家在一个偏僻的山村里，因为实在太穷，半年前他老婆带着孩子回了娘家。

　　这年冬天，唐大弟只身进城到淞河市打工，由于一直找不到固定的工作，就只好每天蹲在马路边，等着人家来雇他。天气很冷，他头上总是戴着一项已经洗得发白了的"坦克帽"，没人问过他叫什么名字，谁要找他干活，就说："'坦克帽'，过来！"

　　有一天，唐大弟埋着头刚在马路边蹲下没一会儿，就听到马路对面突然有人尖叫起来："着火啦！着火啦！"唐大弟抬头一看，见马路对面一幢百货大楼浓烟滚滚，很多窗口都喷出通红的火苗子，大楼里哭声、喊声、惨叫声响成一片。

　　唐大弟本能地跳起来，跑过马路，一头钻进了火海。他一次又一次地往外救人,当把第八个人刚刚背出大楼门口时,就听到身后"轰"一声响,楼层的预制板坍塌了下来。这场大火有近五十人丧生,是城里有史以来最悲惨的一次火灾。

大火被扑灭后,唐大弟拖着疲惫的身子回到他借住的破木棚里,一仰身就倒在了板床上。谁知到半夜里,他的腰越来越疼痛难忍,强忍到天亮,他拄着木棍咬着牙,一步一步挪到医院,大夫一查,说是脊椎骨错位,需要住院治疗,得先交一千块钱押金。唐大弟一听愣住了,他哪交得起这么多钱? 只好让医生开点止痛药,离开了医院。

有个好心人见了,提醒他上民政局问问,民政局就在医院对面。唐大弟挪到那里一问,接待的人说:"你说你是救人受的伤,有证人吗?"

唐大弟的心一下子就凉了:我现在到哪里去找证人? 是啊,空口无凭,谁相信我的话? 唐大弟本来在淞河就举目无亲,现在腰又受了伤,还怎么找活干? 只得含着眼泪回家。

从淞河带回的止痛药很快就吃完了,剧烈的疼痛把唐大弟折磨得死去活来。这一折磨就是五年,后来,腰总算不痛了,可唐大弟却从此再也直不起身子来,整个人就像虾米一样。失去了劳动能力,又身无分文,在山沟沟里就更没法活了,为了生存,唐大弟只好再次来到淞河,沿街乞讨,成了一个乞丐。

这一年的冬天好冷好冷,唐大弟浑身上下唯一能御寒的就是那顶坦克帽,他蜷缩在大街拐角处瑟瑟发抖,可怜巴巴地乞求过往行人给他扔下几个硬币。

一天,有个二十多岁的小伙子走过唐大弟身边,他驻足看了一会,冷不丁叫了一声:"坦克帽!"

唐大弟一惊:"你是叫我?"

小伙子说:"你真是坦克帽?"

唐大弟说:"以前我在这里找活干时,人家都这么叫我。"

"五年前那场大火,你救了四个人?"

"不是四个,是八个。咦,这事你怎么知道的?"

小伙子也不说话,一把将唐大弟拉起来,叫了一辆出租车,不容分说把他领到自己家里。这小伙子叫小二,是个赌徒,刚刚输净了手,正在挖空心思弄钱,今天在大街上意外地发现了唐大弟,差点没把他乐死!

原来,五年前那场大火之后,有四个被唐大弟从火海里救出来的人在媒体上公开声称,自己是被一个戴坦克帽的人救的,并找到市里有关部门,请求为他们寻找救命恩人。市里于是专门成立了一个"寻找无名英雄"的工作小组,还请画家根据四名获救者的描述,画了戴着坦克帽的唐大弟的画像,并表示要拿出一万元钱,奖励提供确凿线索的人。但那时唐大弟已经回老家了,自然没有人能再找到他,当然也就领不到那笔钱。

所以现在小二遇见坦克帽,可兴奋了,他赶紧给有关部门打电话,打算去领钱了。可谁知对方却在电话里笑他:领导早换届了,事过境迁,这钱早黄了。小二白欢喜一场,气得直瞪眼,于是立刻把唐大弟撵出门去。哼,政府都不管这事了,我为什么要管?

三天后,小二因赌博又进了派出所。李所长一看到他气就不打一处来,点着他的脑门训道:"你怎么又赌了,你都说过什么来着? 怎么说话不算数呢?"

没想到小二这回却犟着脖子振振有词:"你们当官的说话都不算数呢,我一个小小老百姓,说话不算数又算得了啥?"

李所长被他这话搞得丈二和尚摸不着头脑,小二于是便气呼呼地把遇到坦克帽的事前前后后说了一遍。说来也巧,李所长的妻子就是被坦克帽从火海里救出来的,这些年,他们一家人一直在苦苦寻找救命恩人,所以李所长听小二如此这般一说,立刻就开车拉着他满大街找,可是根本就没见坦克帽的人影。没办法,李所长只好向新闻媒体求助。

那么,唐大弟上哪里去了呢?原来,他被小二撵出门之后就一直在附近转,那里正好是淞河市的中心地段,可谓是整个城市的门面地方,在那里乞讨,实在有损城市形象,几个退休老干部实在看不下去了,就把唐大弟领到街道办事处。当着众人的面,唐大弟几次想说出自己的情况,可话到嘴边又咽了回去,他怕没人相信自己,反而遭人耻笑。街道办事处的人见唐大弟这个样子十分同情,大家你三十、我二十地筹了点钱,除了为唐大弟买了一张当天回家的车票外,还把剩余的三百元钱全塞进他手里。

可是第二天,当他们读了报纸头版头条刊登的"'坦克帽'在我市沿街乞讨,淞河人扪心问良知何在"的文章之后,连连顿足感叹:"天哪,咱们怎么就没想到他就是坦克帽呢?"

那天早晨,淞河市每个看过这篇文章的市民,心里都很不平静。新上任的市长看后拍案而起,立刻作出指示:一定要找到坦克帽,决不能让我们的英雄流泪!于是由街道办事处那位替坦克帽买车票的同志提供线索,主管领导亲自带队,一支"接英雄回家"的队伍出发了。

可是,淞河市发生的这一切,和五年前一样,唐大弟却仍然一无所知。此刻,他坐在那列火车上,手里紧紧攥着三百块钱,心里琢磨开了:有了这钱,我就可以买一套修鞋的工具,以后就靠它来赚钱糊口,再也不用到处去要饭了。可是,他突然又想到:自己家乡太穷,能有多少人会花钱来找自己修鞋啊?不行,还得到城里去……

这么一想,于是当火车在一个大站停下来的时候,唐大弟中途下了车……

(张国心)

(题图:谭海彦)

处 事 之 道

我们被赋予自己的躯体、自己的诞生地和生活中的位置,但这并不意味着我们不能改变现状。我们有可能变成我们想要成为的任何样子。

该死的门

有那么一个大院,里面住着十户人家,大家客客气气,相处得倒也平静。

大院有扇门,那是住户们进进出出的必经之路。白天,门是敞开的,一到晚上,为了安全,十点钟以后就关门了,这门闩一插,迟回来的自然就走不进,就得敲门喊叫,求人开门。

开门次数最多的,是一位年轻小伙子。

他姓林,熟悉他的人都叫他小林。他们夫妻双双就住在靠门最近的那间屋,门外只要轻轻一声喊,他听得一清二楚。小林是个乐于助人的热心人,每逢有人喊叫,他便第一个出来开门。这样时间一长,他便成了这个大院的义务开门人,其他人对喊门声已渐渐麻木,甚至有人听到自己家里的人喊叫开门也无动于衷,因为他们知道小林会去开的。

这可把小林给弄苦了,几乎天天晚上要开门,有时一个晚上要开五六次,甚至七八次,弄得他连觉都睡不好。

这样天长日久,他妻子有意见了,听到有人敲门便说:"别理他,你又不是开门专业户,大院里的人又没死光,给你多少钱,要你瞎操心?"

小林却说:"你说这些干啥,不就是开一下门吗?人活在世上就得互相关照嘛,哪能听到喊门不去开呢?"

于是妻子就白他一眼,说:"你呀,真是天字第一号的傻瓜!"

有一天,小林的岳母得了急病,他和妻子急忙赶去探望,直到晚上,见岳母的病情有所缓解,他让妻子留下照顾,自己便回家来了。

这时已过了十二点,大院的那扇门自然早已关闭,这下轮到小林喊开门了。可他敲了半天,竟连一点反应也没有,里面一片漆黑,毫无动静。

其实,大院里有好多人都已被他的喊门声惊醒了,但因没听出是小林的声音,更没想到会是小林在喊门,他们认为反正小林会开的,用不着自己多此一举,所以就都没出来开门。

这就把关在门外的小林给害苦了,他手拍痛了,喉咙也喊干了,还是没人来开,只得在门边坐下来,后来就歪倒在门边睡着了。

妻子一大早赶回来,一看,天哪!这么冷的天,丈夫竟睡在门外的地上,她心疼得眼泪都掉下来了,急忙去推门,门还关着,推不开。这下她火了,发疯似的又敲门又喊叫,这时候院里的人差不多都已经醒来,有的已经起床了,他们听到喊声,连忙赶来开门。

小林妻子指着丈夫朝众人发火:"你们倒好呀,良心被狗叼走啦?我们家小林天天晚上听到喊声就起来开门,他昨晚回来迟了点,你们就没一个人给他开门,让他在门外地上睡了半夜,你们过意得去吗?"

她这一嚷嚷,许多人围了上来,当得知小林昨晚因叫不开门而进不了家后,一个个都面红耳赤,并且纷纷检讨。

小林的妻子气不消,还是继续骂,小林站起来说:"你这是干啥?我不就是在地上睡了一觉吗,用不着发火,走走走,回家……"他"去"字没出口,便嘴一撇,连打了好几个喷嚏。

妻子说:"这不,感冒了不是?"说完,扶着丈夫骂骂咧咧地回家了。

小林果真患了感冒,到晚上还有点发烧,吃了药就早早睡下了。

时至半夜,又有人叫门,小林听了要起来去开门,妻子拖住他说:"今晚就是把门敲破我也不让你去,你给我躺着!"

那个人喊了半天,不见有人出来,一气之下,飞起一脚,"砰"一声把门踢开了。

毕竟是木头门,再说年代也久了,经这么一脚,便歪在一边,再也关不上了。

(作者:刘国芳;讲述者:吴文昶)

(题图:黄全昌)

楼上楼下

老郑老两口住在四楼,上面是五楼,下面是三楼。楼上楼下,邻里邻居的,尽管相互来往不算太密切,但见了面也都点个头,问个好的,关系说得过去,可是,不知从什么时候开始,上边五楼的邻居,迷上了打麻将,一打起来就是整天整夜的,而且麻将子像喝醉酒的醉汉,"啪嗒啪嗒"老往地上掉,闹得人睡不好觉。

老伴气不过,要上去找他家说理,老郑拦住了:"算啦算啦,人家打麻将又没有犯法,为这点事闹出矛盾,不值,咱们还是忍忍吧。"

老伴气呼呼地说:"忍忍忍,再这么忍下去,还不把人忍成了神经衰弱症?你忍他不忍,哪像个邻居样!"

　　老郑想想老伴的话有道理,深更半夜麻将子掉地上的声音,简直就是折磨人,再这么下去谁受得了? 最好的办法就是用一种比较巧妙、比较隐晦的方式,向楼上传达出自己的不满。那么,用什么方法呢? 老郑挠破头皮,苦思冥想,终于想出个向邻居提意见的方式:弄些石子什么的东西,仿照成麻将子,在他们安静的时候也往地上扔,噼里啪啦,让他们也尝尝麻将子"夜半骚扰"的滋味。

　　说干就干,老郑和老伴从建筑工地捡来一堆小石子,放在家里,等到楼上不打麻将了,安静了,就把石子拿出来,往地上扔,"噼里啪啦"就像麻将子落地的声音,清脆又响亮。老郑只是觉得楼下那户人家有点无辜受害,心里有点歉疚。

　　说来也怪,自从老郑发明了这种"麻将落地"的声音后,楼上比以前小心多了,麻将子落地的声音也少了。可老郑高兴了没两天,楼上又"噼里啪啦"地响起了麻将子落地的声音,而且声音越来越大,越来越刺耳,老郑实在忍不住了,便又把石子拿出来,往地上使劲地扔,"噼里啪啦","噼里啪啦",楼上楼下,石子、麻将子撞击水泥地面的声音,响成一片。

　　这天吃过晚饭,"嗵嗵"有人敲门,老郑起身开门,来的不是别人,正是楼上那位。楼上那位惊诧地望着老郑问:"你也有麻将子瘾? 不够班,三缺一,二缺二?"

　　老郑气不打一处来,狠狠地回敬道:"谁有麻将瘾? 我听到麻将声,觉都睡不着,哪还有心思打麻将?"

　　"那'噼里啪啦'的声音是怎么回事?"

　　老郑一听,火气更大,原指望委婉地提醒他,让他注意点影响,没想到他根本不知道怎么回事,自己白忙活一场,于是老郑的嗓门就大了:"我是被你们整天整夜麻将子落地的声音骚扰得没法,就用石子往地上扔……"

　　楼上那位一听,哈哈大笑起来:"我还以为你跟我们一样呢,搓麻将人手不够手痒痒,故意弄出些麻将声过干瘾哩!实话告诉你,我家里那些麻将子落地的声音,是我故意弄出来的,因为凑不齐人手,心里难受,就用这种办法让自己满足一下;再说啦,就这么点小事,你完全可以跟我们讲一声嘛,你放心,今后我再也不会把麻将子往地上扔了。"

楼上那位说完转身就走,从此后真的听不到麻将子落地的声音了。但是没过两天,楼下却响起了麻将子落地的声音,"噼里啪啦"烦死人啦。老郑知道楼下住的是老的和小的,不大会搓麻将,他想看看是咋回事,便跑到三楼,敲开房门。谁知道三楼的人气呼呼地说:"你还说哩,我正准备上楼去找你们算账呢,前些日子老听到你家麻将子落地的声音,这倒好,我们家的孩子听上瘾了,晚上听不到这声音就不睡,逼得我们没法,只得天天晚上弄一堆麻将子往地上扔。你说说,你们也都是老人,没事干吗扔麻将子呢?"

老郑目瞪口呆,半晌说不出话来……

(张运国)

(题图:魏忠善)

和你过招

　　于有富今年快四十了，却还是单身一人。他做梦都想娶媳妇，可是因为太穷，家里只有几间破屋，加上小时候得病还落下个跛脚，方圆几十里谁家肯将女儿嫁给他？

　　不过，就在于有富急得嗓子冒烟的时候，好事找上门来了。

　　这天早晨，三男一女有四个人来到于有富的村里，那三个男的见人就问："谁家要媳妇？"村里人知道，这是来卖那个女人的，近年来，村里有不少人就是用这办法娶上媳妇的。

　　此刻，村里人立刻想到了于有富。虽然他们也知道这样做违法，但是如果不这样，于有富这辈子就休想成家，毕竟是一个村的，哪能看着人家打一辈子光棍呢？于是，他们把于有富喊了来。

　　于有富一看，这女人三十多岁年纪，模样也周正，眉是眉，眼是眼，只是脸上的表情很漠然，自己要被卖了嘛，心情当然不会好。于是于有富就点点头，说："这女人，我要了。"他回去拿来自己所有的积蓄，大伙儿又给他凑了点，用六千块钱把那女人买了下来。

　　三个男人揣着钱走后，于有富就把女人往家里领。一路上，女人眼泪"吧嗒吧嗒"直往下掉，走到于有富家门口的时候，她"嗵"地一声跪在了地上，哭着对于有富和后面跟着的一帮看热闹的人说："我是被人贩子拐来的，我叫陈素莲，家里有老有小，一个月前我跟家里人怄气跑出来，本想散散心再回去，结果碰上了人贩子，他们骗我说带我去挣大钱，谁知却把我卖了。你们行行好，放了我吧！"

　　陈素莲边说边哭，看热闹的人叹息了一阵，不免责怪她道："真是造孽啊！刚才你为什么不说呢？"

　　陈素莲哭得更伤心了："我不敢说，说了他们就要打我。"

　　可要放她，于有富怎么会乐意呢？他好不容易攒下的钱不能就这么没了。"不行！"于有富说，"再怎么着，今晚总得先圆房吧？"于有富心里想的是：村里以前有个花钱买来的媳妇，钱一到手人就跑了，我可不能上这种当，今晚一定得先圆房，只有圆了房，女人才会死心塌地跟着男人过日子。

　　在场的几个女人见陈素莲还是一个劲地哭，就劝于有富说："算了，看她也怪可怜的，要不，圆房就缓两天？"

　　于有富头一扭，粗着嗓门叫起来："你们说得轻巧，万一她跑了，谁赔我钱？啊？"

　　刚才说话的那几个女人，见于有富这脸红脖子粗的样子，吓得立刻缩回了舌头。

　　就在这时，人群里响起了一个声音："我赔！我赔你！"

　　众人回头一看，喊话的是村里去年考上大学的那个女娃，叫于红萍,不由愣住了:她是回来过暑假的,怎么也来搅这门子热闹?

于有富见于红萍站出来为陈素莲说话,也愣了,因为说起来,他们还是远房兄妹,平时见了面挺亲热的。于有富让于红萍别管这事,于红萍说:"哥,你知不知道,你参与贩卖人口,这是犯法的,如果不是看在一个村的份上,我早去派出所告你了!"

于红萍这么一说,于有富只好软了下来,涎着脸说:"妹子,你也知道,你哥我打光棍这么多年,容易吗?我……好了好了,我听你的,今晚我就不强求了,你就过来陪陪你嫂子,让她宽宽心,叫她别跟我过不去。"

于有富这么说也是有点心机的,他知道如果硬要同陈素莲圆房,万一弄出什么意外,自己也担当不起,让于红萍陪着陈素莲,就等于是看住她,以防她趁机溜掉,等她慢慢平静了,再成亲就不难了。

于是当天晚上,于红萍果真就跟陈素莲睡在了一起,两人像亲姐妹似的说了半夜悄悄话。陈素莲哭诉自己的身世,于红萍不住地陪着流泪,最后,于红萍低声说:"大姐,你什么也不要说了,我不能眼睁睁地看着你往火坑里跳。我豁出去了,我要救你,明天天一亮,我带你到县里,然后送你坐火车回家。"

陈素莲高兴得一把抱住了于红萍,说:"真的?你真是我的救命恩人哪!可是,万一你哥他不答应怎么办?"

于红萍说:"你放心,我哥那里我来想办法。"

第二天一早,于红萍对于有富说:"哥,昨晚我劝了嫂子一夜,她终于答应要好好跟你过一辈子了。"

于有富一听,高兴得直咧嘴。

于红萍又说:"不过,嫂子是个爱干净的人,她来的时候什么东西都没带,今天我带她到城里去买些日常用品,也陪她散散心。"

于有富立刻爽快地点点头,说:"行,你带着她,我还有什么不放心的?"说着,他从口袋里拼拼凑凑摸出几十块钱,塞给陈素莲,说让她们买东西用。

吃过早饭,于红萍和陈素莲便手挽着手向城里走去。到了城里,陈素莲说要给家里打个电话,免得他们牵挂,可是电话刚打完一会儿,忽然一辆面包车停到她们跟前,从车上跳下三个男人,生拉硬扯地把于红萍塞进车里,车子随即开起就走。

于红萍见陈素莲跟这三个男人有说有笑的,不禁愣住了:他们不就是昨天卖陈素莲的三个男人?这是怎么回事?

这时,陈素莲笑着转过头来,对于红萍说:"妹子,跟你实话实说吧,我们是一伙的,卖我只是个幌子,为的是骗钱,等钱到手后,我再设法溜走。可没想到老天让我们碰到了你,你不仅帮了我们的忙,让我们计划中的几套逃跑方案都没用上,而且你今天还自己送上门来,你又年轻又俊俏,可比我值钱!嘻嘻……"

于红萍一听傻了,想不到这个陈素莲真是个骗子!她顿时又气又悔,又哭又闹。那三个男人要扑过来打她,陈素莲就在一边不阴不阳地劝道:"妹子啊,你别闹啦!你该知道,这几个猛哥是什么事情都做得出来的,惹恼了他们,把你给做了,你受得了?"

于红萍一听,想想自己明明是一片好心,却落到这个地步,伤心的泪水夺眶而出。

陈素莲看她这样,笑着说:"哭有什么用?女人哪,就这么回事。凡事想开些!你要真有本事,等把你卖了,你自己想办法逃回家。"

说话间,车子七拐八转在一幢小楼前停了下来,三个男人,一个抽出把匕首抵在于红萍的后腰上,另外两个一左一右夹着她下车,上了三楼。上楼时,于红萍观察了一下,发现这里是个居民楼,有可能是人贩子租住的一个据点,估计是弄来人后先在这里作短暂停留，找到买家后就脱手。

一行人进了三楼的一个房间，那两个夹着她上楼的男人依然把她的胳膊拧住，陈素莲拿出一颗药丸，对红萍说："你别怕，这是安眠药，吞下去以后你就会睡觉的，什么事也不知道了。"说着，便端来一杯水，把手里的药丸往于红萍嘴里塞。

于红萍知道：一旦把药吞下去，那就由不得自己了。于是她突然猛地张大嘴巴，一口就咬住了陈素莲的手指头，疼得陈素莲哇哇大叫。

三个男人一惊，没防着于红萍竟这么厉害，于是扭住她拼命要掰开她的嘴，可于红萍就是死死不松口……

就在这个时候，房门被"砰"一声踢开了，门外站着一个人，手里拿着一根木棍子，大声喝道："别动！"来人正是于有富。

紧接着，一群警察也冲了进来，"咔嚓、咔嚓、咔嚓、咔嚓"上来就把这一女三男四个人贩子一一铐上了。

于红萍哭着扑倒在于有富怀里，问："哥，你怎么知道我在这里？"

于有富"嘿嘿"一笑，说："早上你们走后，我心里总有些不放心，就偷偷跟在你们后面。到城里后，我看见你被他们塞进车里，就知道事情不妙，立刻报了警……"

于红萍笑了起来："哥，多亏你啊，不然我就完了！"

于有富也笑了起来："妹子，也多亏了你啊，不然你哥真的是人财两空了。看来，找媳妇真的不能搞歪门邪道哩！"

（张运国）

（题图：安玉民）

好你个刁妇

李云龙是达达集团的董事长,这天洗澡时,发现自己的右大腿根有点疼,仔细一看,有个暗红色的肿块,虽只有蚕豆大小,但手指轻轻一按,却如刀割一样的疼痛,于是他赶紧去县医院。

很快,化验结果出来了,大夫说这叫"疗毒",马虎不得,一旦出头成疮就会很麻烦。同时,大夫提出了"手术引流"和"保守疗法"两个治疗方案,供他选择。

权衡再三,李云龙选择了保守疗法。可要命的是,该打的针打了,该吃的药也吃了,那个肿块却迟迟没有消退,反倒隐隐泛出了两只"鱼眼",把李云龙折腾得坐立不安。

李云龙手下有个叫马文罗的心腹,听到这事儿,匆忙赶来对他说:"董事长,你咋不早说呢? 我知道有个人,是专治这个东西的,针灸加草药偏方,十拿九稳。"

李云龙赶紧问:"谁呀?在哪?"

马文罗说:"名字不记得了,是个女的,就是咱县西陵乡茅麓村的。"

李云龙显出一副不屑的样子,说:"一个乡下女人,能有什么高招儿?"

马文罗立刻朝他摇摇头:"你还记得我乡下那个表叔吗?去年我表叔生的这东西,因为住不起医院,就是去找那女的给治好的呀!听说那女的原先自己也是得的这种毒疮,家里头都被整穷了,后来不知从哪来了个云游和尚,给了她这套针灸加草药的偏方,灵得很哪!"

经他这么一说,李云龙顿时眼放光彩:"哎呀,天无绝人之路嘛,你不说,我还真是没辙了……"

事不宜迟,李云龙当下便和马文罗一道驱车直奔茅麓村。这虽是个不起眼的小山村,却紧靠着交通便捷的国道,所以他们很快就到了那里。

那女人很快被找着了,名字叫刘阿娣,就住在村口,家里只有她和一个十五六岁的女儿玲玲。看上去,刘阿娣也就四十开外的年纪,身体瘦瘦的,但显得很结实,两眼细细的,却露出一种乡下女人特有的精明。

李云龙跟着马文罗跨进屋门,一股草药味儿扑鼻而来,只见屋柜里、桌子上,满是大大小小的瓶瓶罐罐,很显然,来她这儿登门求医的还真为数不少呢!可当他们两人说明来意后,刘阿娣却边打量着他们边摇头:"你们咋不上医院去呀?我这儿全是些土办法,不正规哩。"

马文罗猜想她这是卖关子,就指着李云龙说:"刘大夫,这位是咱县里著名的企业家,达达集团的李董事长,不定再过些时候,他就是咱们县的父母官啦。你要是能把他的疔毒给治好,那你的名声可就大了!"

李云龙也像想起了什么似的,对刘阿娣说:"大嫂啊,你不认识我了?前年夏天你病在床上的时候,我特地来看过你,还给过你二百元钱,记得不?这次你要是为我治好这疔毒,我给你二千元!"

果然,那刘阿娣听李云龙这么一说,两眼眯了眯,立即点头道:"那我就试试!按老规矩,疔毒不除,我分文不取!"

大冬天,屋子里有点阴冷,屋外倒是阳光灿烂,刘阿娣说:"屋里窄,太阳底下暖烘烘的,咱们就坐屋外面吧。"说着,她搬出一个凳子,搁在门口的院墙前,让李云龙面朝太阳坐好,同时吩咐女儿玲玲去小卖店买来三根人称"两脚踢"的大爆竹,还有一挂千响小鞭炮,点着了在门前"噼噼啪啪"放了起来,那声音,一时间震得整个村子都在回荡。

李云龙有些奇怪:"放鞭炮干什么呀?"

刘阿娣只是朝他笑笑,也不作答。

倒是马文罗想了想说:"民间偏方,就是这么怪怪的,过门关节多。"

鞭炮声未落,已经有一大群男男女女村民围到了刘家门前,刘阿娣和玲玲招呼其中的几个壮汉,帮着把桌子和一些瓶瓶罐罐什么的从屋子里搬出来,像摆地摊似的在地上摆了开来。

李云龙的眉头拧成了疙瘩,忍不住嘀咕起来:"找你治个疔毒,你又拉场子又放鞭炮,招来这么多的人看热闹,这不明明是摆谱儿吗?"

马文罗觉得这种时候不能得罪刘阿娣,皇帝还得向理发匠低头哩,于是就悄声劝他:"嗨,这偏僻旮旯里,摆谱咱让她摆,只要能治了疔毒就行!"

直到一切准备停当了,刘阿娣这才拍拍手,得意地看了看众人,随后麻利地脱去外衣,换上一件白大褂,对李云龙说:"李董事长,你把你的右裤腿褪下来。"

"这儿?"在大庭广众之下褪裤腿,李云龙显得有些为难。

刘阿娣说:"疔毒不是生在你的大腿根上么,你不把裤腿褪下来,我怎么给你治哩?"

于是看热闹的人中,有的互相交头接耳,有的朝李云龙指指点点,还有的"吃吃"地窃笑。

李云龙心里觉得很别扭,也很窝火,堂堂一个董事长,如何放得下这个脸面?他站起身来,想拂袖而去,可是屁股刚一扭动,就如遭电击似的疼得猛一阵哆嗦。唉,这该死的疔毒,它认不得人哪!

刘阿娣"咯咯咯"地笑了:"谁让你这疔毒生得不是个地方?求医治病嘛,咋能讲究得起来?火车上,飞机上,人堆里,不还照生孩子嘛!"

这一说,倒好像让李云龙觉得想明白了些,他迟疑片刻,便无奈地将右裤腿褪了下来,捋起里面的短裤头,现出了大腿根下的那块疔毒。

治疗的过程倒是没怎么太复杂,刘阿娣将疔毒仔细看过,先在它旁边的几个穴位上用针扎了几下,接着从摆在地上的那些坛坛罐罐里分别取出被捣烂的草药,轻轻敷在那块毒疮上面,然后再用干净的纱布裹好,这就完了事。

别说,刘阿娣这招针灸加草药的偏方果真灵验,回家当晚,李云龙就感觉疼痛减轻了许多,第二天早上起来揭开纱布一看,嘿,竟然已经消肿了,毒疮头上的那两只"鱼眼"也隐去了。他心里一高兴,就又去了趟茅麓村,当场拿出二千元钱要给刘阿娣。

可刘阿娣坚决不肯收,她对李云龙说:"李董事长,能给你治好疔毒,我已经是沾了大名气了,这带来的好处就远远不止二千元啦!"

李云龙听了哈哈大笑,只得作罢。

几天后，李云龙去省城开会，车经茅麓村时，他不觉放慢了速度。忽然，他发现就在紧靠着国道旁的茅麓村村口，新耸立起一块赫然醒目的广告牌，足有两层楼墙那么高，上面居然是自己的巨幅照片！旁边还有一溜文字说明：刘阿娣正在用自己研制的针灸和草药偏方，为达达集团董事长李云龙治疗疗毒。那个拧下裤腿的人，不就是那天来这让刘阿娣治疗毒的自己吗？李云龙脑子"轰"的一响：好你个刁妇，你可真会动脑筋，竟然拿我的事儿做广告？

李云龙又生气又着急，停车进村找来刘阿娣，指着那个广告牌恼怒地问："你胆子不小哇，这广告是谁让你做的？嗯？"

刘阿娣眨眨眼睛说："李董事长，我这广告，一没虚的二没假的，咋不行呀？"

李云龙气急败坏地吼道："可它侵犯了我的隐私权！"

这时候，刘阿娣的女儿玲玲刚巧放学回家，她朝那广告牌瞥了一眼，昂着脑袋对李云龙说："我妈这样做，是跟你学的！"

"什么？跟我学的？"李云龙觉得莫名其妙。

玲玲一溜烟似的从屋里拿出几张报纸来，指着上面几幅照片对李云龙说："李董事长，你一定记得的，前年夏天，我妈病在床上的时候，你递给她一个好大好大的红纸包，里面装着二百元钱。可是就为这事儿，你带来那么多的人，像看动物似的围着我妈，又是拍照，又是录像，还天天在报纸和电视里宣传，让全县人反反复复看我家的穷模样儿，还有我妈胸口旁生着的那个疮……你说，那叫不叫侵犯了我妈的隐私权？"

（叶林生）

（题图：箭　中）

给乡长一巴掌

　　有人说,当官的与老百姓始终是对立的。这句话只说对了一半。其实,当官的做了哪件好事哪件坏事,老百姓肚子里都有一本账!

　　这天傍晚,李二茂出了家门,直奔村外的柳河大堤,这些日子洪水暴涨,大堤上吃紧,县乡各级都下达了严防死守的命令。李二茂从前当过村里的村长,如今虽说年纪已大,但也主动加入了村里的防守队,昼夜轮流巡逻。

　　当二茂老汉走到大堤下的一个看瓜棚旁边时,忽然脚下一绊,"扑通"摔了个大跟头。他以为是堵漏的草包、编织袋啥的,爬起来用手电一照,竟然是个大活人横躺在路上。谁? 乡里的副乡长居春龙。

居乡长是在这次抗洪中被派驻在土沙村大堤防守段上的负责人，二茂老汉不由吃了一惊，赶紧蹲下身来又是扳又是叫的："居乡长，你这是咋了？"

"没，我没……"居乡长身上散发出一股熏人的酒气，嘴里咕噜着什么，摇摇晃晃地从地上爬起来，一手捉住二茂老汉的胳膊，一手举着半瓶酒，僵硬着半截舌头："喝，再、再来八两，没、没问题……"说着一个趔趄，又像摊稀泥歪倒在地上，竟呼呼地酣睡起来。

天哪！二茂老汉一下子明白了，早听说居乡长爱喝酒，显然是因为抗洪守堤这些日子熬不住了，今天又不知在哪儿喝的！

这工夫，好几个巡堤的村民也赶了过来，他们紧张地告诉二茂老汉说，刚才县里发出紧急汛情通报，由于上游又突降暴雨，今晚十点左右将会再次出现特大洪峰。当他们看到居乡长醉成这副样子后，一个个都气坏了，七嘴八舌说什么的都有。

二茂老汉一把拉过一个叫留根的说："你家里不是有一种能解酒的药吗？快去拿来。"

留根没好气地指了指居乡长："你是要把他弄醒？"

二茂老汉点点头："眼下，他是领大伙儿的头呀！"

留根是个嫉恶如仇的庄稼汉，平常提起有些当官的事儿，就爱发些牢骚，这会他脾气又上来了，颈脖子一梗："二茂叔，拉倒吧！死了张屠夫，不吃连毛猪。今晚守堤没他这个当官的，咱们大伙儿还不照样能顶上？"说完，就要拉着二茂老汉离开。

二茂老汉跺脚道："他是干啥吃的？这样也太不像话了？"

留根冷笑着哼了一声："我看呀，这才好哩……"

"放屁！不看看时候，还好啥好？"

见二茂老汉没听懂自己的意思，留根道："二茂叔，你莫不是忘记了，从前你当村长是怎么被人撸了的？"

"我？"二茂老汉听了一愣。

　　大前年开春,乡里为了新造办公大楼,居乡长下令各村按每个人头摊派集资款,由于当时正是青黄不接的季节,一些村民家中拿不出钱,身为一村之长的二茂老汉实在不忍心去逼他们。最后,土沙村由于没能按规定期限完成集资款任务,在乡里的三级干部大会上受到了批评。二茂老汉为这事跟居乡长争辩了几句,想不到居乡长大发雷霆,说这是玩忽职守,当场就宣布撤掉了二茂老汉的村长职务。

　　不提倒也罢了,现在留根一提起这段窝囊事,当年的情景好像忽然又出现在了眼前,二茂老汉心中不禁升起了一股难以抑制的怨愤,憋得他心里发痛,额角上青筋暴突,嘴里一个劲地喘粗气:"奶奶的,这些个当官的耍起威风来,简直是没有一点人情味!"

　　见二茂老汉气得不行,留根接着把话挑得更明白了:"我那在县上的老同学,刚才打电话给我透了个信儿,说今夜县长亲自带队上堤查看防守情况,已经出发了。咱们这段堤属于险情地段,是县长必到之处,县长来了一查问有这种事儿,不当场撸了他的官才怪哩!"

　　二茂老汉点上一支烟,闪着两眼吸了一大口:"嘿,县长又不是你当。"

　　"这可不是说着玩,"留根道,"前些日子我看报纸上说,有个地方整顿会风,开会的时候正碰上两个官儿在会场上打瞌睡,当场就被抓了典型撤了职。现在抗洪是非常时期,啥都特事特办,就像那战场上就地正法逃兵一样哪!"

　　听到这儿,另几个村民也你一句、我一句地插上了嘴:"我看差不离,他当干部的不领着大伙儿守堤,反倒醉成这副熊样,性质严重哩!""就是,按性质他就够'玩忽职守'这一条,不正好是往枪口上撞吗?"

　　"奶奶的,风水轮流转哪!"二茂老汉看看地上酩酊大醉的居乡长，又抬眼看看前面大堤上亮着的电灯，古怪地撮了撮牙："这儿太背了，来呀，咱今儿一不做二不休，索性给他换个亮点儿的地方，让他露露脸，好好出出风头！"

"好哩！"几个壮汉搬头的搬头，拽腿的拽腿，很快将死猪一般的居乡长抬到堤上，扔在了一盏电灯下的草包上面，然后，他们又将那半瓶酒按在居乡长的手里，将酒瓶口对着他的嘴边，摆成了副喝酒的样子。

"居乡长，今儿你就慢慢地喝吧，在这儿喝着等县长来！"二茂老汉狠狠吸了一大口烟，解气地扔掉了烟头。

没一会，河水湍急起来，一团团漂浮物打着漩涡飞奔而下，发出忽远忽近的呼啸声，像是闷雷在水底轰隆作响，震得大堤微微颤动——特大洪峰来了！

忽然，前面有人惊呼起来："不好啦，你们快来看！"

二茂老汉奔过去，只见眼前外堤出现了一条几米长的裂缝，在激流的冲刷下，那裂缝正在逐渐延长加大。这是塌方的征兆，必须尽快调集人马，用大量土袋从外河的水底下垒围加固。他忙朝留根喊道："快，快敲大锣！"

大锣就在近旁的树干上挂着，抗洪期间，这是大堤遇有紧急险情的报警信号。"当当当……"锣声在寂静的夜空里回荡，很快，远远近近的村子里出现了繁星般移动的灯火，村民们正从四面往这里奔。

二茂老汉转身向后跨出几步，那里有一大堆装满土的抢险袋。他扯掉布褂，顺势又朝旁边地上瞥了一眼，那居乡长打了个嗝，还在"呼呼"地响着酒鼾。"好小子，等过了这刻儿工夫，你他妈可就完了！"他骂着，弓腰将一只沉沉的土袋扛上了肩。

可是，二茂老汉扛着土袋跑了几步后，忽然又顿住身子像想起了什么，将土袋"通"地往脚下一扔，然后，他返身捡起一只塑料水桶，从河里提起满满一桶水来到了居乡长的跟前。

大家不知他要干啥,都转过脸来:"二茂叔,你这是……"

"还是给他留条道儿吧。"二茂老汉说着,将那桶水对着居乡长的脸。"哗"地泼了下去!

河水有点凉,居乡长被这凉水一泼,猛地惊醒过来,他赶紧从地上爬起来,神情迷蒙地嘀咕着:"干什么?谁开、开玩笑……"

"奶奶的!"二茂老汉吸足了一口气,咬咬牙走上前去,抬起他那蒲扇般的右手,轮圆了胳膊,只听"叭"一记响亮的巴掌打在居乡长的脸上!

这一巴掌太重了,居乡长踉跄几步,"哎哟"一声摔倒在地上,但很快又站起身来,瞪着两眼打量周围,他酒彻底醒了!

"居乡长,前面大堤裂缝了,赶快抢险哪!"二茂老汉惊雷一般地吼着,将那只土袋狠狠砸在了他的脚下。

"我……啊呀呀!"居乡长的面孔在急剧扭曲、颤抖着,终于明白了什么,他大惊失色,满肚的酒刹那间变成了一身冷汗!他没命地扛起那只土袋,向裂缝的堤边冲去……

据说,几乎就在这同时,县长带着防汛指挥部的人马也巡察到了现场。由于报警抢险及时,大堤被保住了,而居乡长的命运,自然也化险为夷,绕过了一"劫"。

事后,留根他们都为二茂老汉的举动感到纳闷,悄悄问他,为啥在那关键时刻又改变主意,推了居乡长一把?

二茂老汉说:"我是狠不下那个心呀!你们想想,村里那座小桥是谁让修的?去年大伙儿种的小辣椒卖不出去,是谁帮着牵了线?他当官儿的这些年,也还做过几件好事哩!"

(叶林生)

(题图:魏忠善)

地球人都知道

传宗接代历来是中国人家的头等大事,谁家生孩子都是件大喜事,就更别说是几代单传得了个大胖孙子了。

如今,这个好运落到了殿前村的老嘎家,一家人高兴得都不知咋办好了。老嘎想了半天,决定在孙子满月那天摆它几十桌酒席,邀全村的人一块儿乐一乐,可没想他去请村主任顺子的时候,才知道顺子的腰扭了。

顺子是全村一百七十户人家的领路人,平时村里无论谁家有个红白喜事什么的,都是他坐首席,可现在顺子的腰扭了,不能来喝酒了,按以往村里人的说法,顺子不到,这酒席是不能算作酒席的。这可怎么办呢?

在炕上像月婆子一样偎着的顺子笑老嘎:"都什么年代了,

办事别那么死板好不好？我不去,你们酒席照样办。"

可老嘎总觉得心里空落落的。

顺子看老嘎苦着个脸,就给他出主意说:"要不,那天让小玉替我去?"

老嘎眼睛一亮:这倒是个办法呀,小玉是顺子的老婆,让小玉替顺子坐第一把椅子,替顺子致祝酒词,替顺子喝酒,总之,那天凡是请顺子办的事都让小玉来办,不就行了? 老嘎的心放了下来。

日子过得飞快,终于到了老嘎家大胖孙子满月的那天。小玉打扮一新,被老嘎一家簇拥着坐上了首席,一切都按老嘎的安排有条不紊地进行着,顺子虽然没到场,可小玉倒也替得有模有样。

看着院子里热热闹闹的景象,老嘎真是打心眼里感激顺子替他出了这么个好主意。他突然想到:这会儿顺子会在干什么呢? 顺子平时还有小玉陪着说说话、解解闷,现在小玉来我这儿了,那顺子一个人在家该有多寂寞啊! 再说了,我这里鸡鸭鱼肉的什么都有,顺子在家里吃什么? 老嘎一想到这,赶紧拾掇了几样菜肴,拿了一瓶好酒,乐颠颠地悄悄朝顺子家走去。他心里还有一个小九九:趁着顺子喝酒的空儿,正好可以让他给自己的宝贝孙子起个名字。这事儿也请小玉代理,总不太合适吧?

顺子家的院门虚掩着,老嘎推门走了进去,发现院里堂屋的门关得挺紧,推一下没推开。他刚要再推,却分明听到里面有一个女人在哭,边哭边嗔怪说:"你怎么不注意点,腰扭得咋样了? 我又不方便过来看,一直等到今天。唉,你那天给我打个电话,我不就会给你留门了,干吗要攀墙呢?"

老嘎听出来了,这是村里小寡妇久久的声音。天哪,原来顺子的腰是这么扭伤的!

只听顺子在劝她:"别哭,我不告诉你我去,还不是想给你个惊喜？没事儿,你看,我现在这不跟没扭腰的时候一样?"

老嘎听不明白了:顺子明明扭了腰,怎么又说跟没扭腰一样? 他不好意思再推门进去了,就悄悄猫着腰溜到窗根下,想看看顺子的腰到底是怎么回事。他抬眼往屋里一打量,却臊得脸都红了:顺子和久久正在干那最风流的事。老嘎赶紧转身就走。

回到家里,自家的院子里依然一片喜庆,可老嘎却再也高兴不起来了,他恨自己刚才干吗非要到窗根下去瞅呢,这不,就瞅出事儿来了!

原来,村里也不知哪辈子传下来的说法,谁要是亲眼见着了这种风流事儿,谁家就会倒霉,养猪猪死,养鸡鸡亡,自己得病,人丁不旺……虽说有解霉运的办法,就是赶快把这件事说开去,知道的人越多霉运就会离你越远,可眼下这件事牵涉到的是顺子,顺子是一村之长啊,这种事能随便出去乱说? 万一日后被他知道了,老嘎家还会有好果子吃?

老嘎心里一团乱麻。

送走了客人,老嘎把事儿给嘎婶一说,这一夜,两个人都没有合眼,好容易盼星星盼月亮盼来了大胖孙子,以后万一有个闪失,怎么向祖宗交代?

两个人思忖了整整一夜,天亮了的时候,嘎婶下决心说:"我看咱就悄悄出去把这事儿说了,这种事向来传得特别快,反正传到最后,谁还会去问第一个看见的人是谁? 到那时,大家就都只关心顺子和久久的事了。再说了,谁让他顺子自己做下这事,就是全村的人都知道,也怪不得我们呀!"

老嘎一听,想想就是嘛! 心头仿佛一下子开朗了许多,说:"老太婆,你说的还真有点道理呢,听你的!"

嘎婶点点头:"你一个大老爷们,出去传这样的事不合适。算了,你假装不知道,这事我去说。"

嘎婶果然出去说了。

　　不出三天，殿前村的男女老少就都知道，在老嘎孙子满月酒那天，村里有人在背地里干那种最浪漫的事儿，越传越有细节，越传越生动。

　　老嘎的大胖孙子呢，果然平平安安的什么事都没有，老嘎一家也安然无恙，老嘎两口子心里的石头这才落了地。不过他们有时想起顺子来，心里总觉着有点对不住他，顺子虽说做下了那种事，可他毕竟是帮了老嘎家的忙啊，所以老嘎就不好意思再去顺子家了，就是平时碰到小玉，也是能躲就躲得远远的。

　　这天，嘎婶在街上老远就瞥见小玉，想避开呢，谁知小玉三步两步过来，悄悄把嘎婶拉到一边，神秘兮兮地说："嘎婶，有件事我不知该不该对你说，告诉了你怕你生气，可不告诉你又不忍心看你蒙在鼓里，怪可怜的。"

　　嘎婶一听，心里"怦怦"直跳：莫非他们知道是我说出去的？可听小玉这口气，好像又不像。她疑疑惑惑地问："你说啥事儿呢？"

　　小玉凑上来，贴着嘎婶的耳朵说："在你们家孙子喝满月喜酒那天，嘎叔和那个小寡妇久久在一块不要脸，让人家给撞见了！"

　　嘎婶一听就愣在了那里，一句话也说不出来，难怪这几天她总觉得人家看自己的眼神有点怪怪的。

　　小玉又补充了一句："真的，嘎婶，地球人都知道！"

　　　　　　　　　　　　　　　　　　　　　　（路一歌）

　　　　　　　　　　　　　　　　　　　　（题图：安玉民）

社 会 百 味

　　每个人都有自己的特点,没有两个人是一样的:真是人跟人各异,石头跟石头不同。然而大家合在一起,就成了相互交织在一起的群英谱。

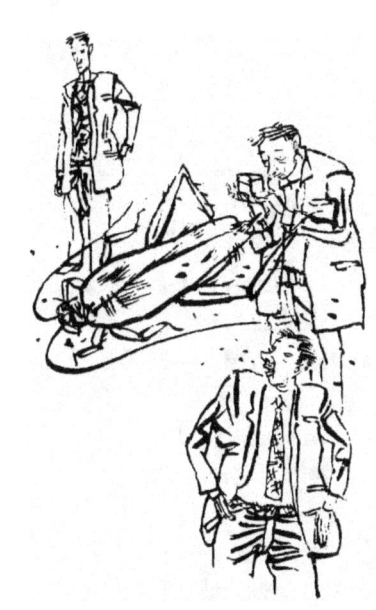

白蟑螂

　　市文明卫生检查团一行七人在赵团长率领下抵达县城,卫生局李局长亲自带人把他们接到宾馆,吃过晚饭,又陪着逛街。

　　第二天,检查团就正式开始了工作,赵团长他们在李局长的陪同下,前呼后拥地一个地方一个地方检查起来。他们边检查边称赞,当然,心里也清楚:越是十全十美、无可挑剔,越是有虚假的成分在里面。可是这一层纸谁也不愿意去捅破,一切都在"好好好"的称赞声中顺利进行。

　　不料,意外就在这时候发生了。

　　赵团长近日来肠胃不适,肚子里不时一阵阵地叫,沿途看见厕所更是小肚子发紧,真想跑进去一撒而快。无奈自己正在检查卫生,这时进厕所,别人还以为自己是到"死角"找岔子,容易引起误会;况且自己一去,前呼后拥地跟着一群人,想方便也不方便,只好一忍再忍。好不容易检查到东方大市场,赵团长实在忍不住,趁人不备,快步溜出行列,直奔市场旁一家小粮店。按经验,一般这类店都有后门,出后门必可找到公共厕所,谁知赵团长拔腿刚跑,早被陪同的李局长一双利眼盯上了,一步不拉地紧随其后,赵团长回头一看是李局长,也不介意,加快步伐,直奔粮店。

粮店老板抬头看见有人闯进店来直奔里间,刚想发问,又见后面跟的是卫生局的李局长,他赶忙起身,笑脸相迎。

赵团长一进粮店虽直奔后门,但职业的习惯还是使他的目光朝四处扫了扫,哪知这一扫不打紧,他竟发现了一只蟑螂,而且,那蟑螂的颜色还是白的!

"白蟑螂?"赵团长眼睛一亮,他想停步去捉,但忍无可忍的内急使他不敢停下脚步,情急之下,赵团长回过头来急急地对李局长说:"你给我捉住那只蟑螂,不要丢了,我方便一下就来!"

一听他是去方便,李局长这才松了一口气,但听说有蟑螂,李局长又紧张起来。要知道,在大市场发现一两只蟑螂,只要在规定的面积之内,属允许范围,不扣分,但是在粮店发现蟑螂,则必扣分无疑。

赵团长一走,李局长和店老板急忙去抓蟑螂,扑、堵、撵、抓、踩,三下五除二,把蟑螂踩了个一命呜呼,踩死之后丢入水池,三冲两冲,冲了个一干二净。李局长狠狠地瞪了眼吓得脸色惨白的店老板:"看我怎么收拾你!"

这时候,赵团长一身轻松地跑了出来:"白蟑螂呢?"

李局长一口咬定:"我们找了半天,蟑螂毛都没见一根!"

"怎么可能呢? 真是一只白蟑螂。"赵团长急了。原来旁人不知,他赵团长有个业余嗜好:喜爱摆弄昆虫标本,至于白蟑螂,他只听说过,却从没见过,哪知道这次竟意外碰上。刚才方便的时候,他还在为这白蟑螂到底是变异还是新品种而苦苦琢磨,暗中庆幸自己的标本又将增添一个精品,现在听说没见蟑螂,顿时一盆凉水从头浇到脚。赵团长还是不死心:"别开玩笑,这白蟑螂挺少见的,我要带回去做标本!"

"没有,绝对没有,粮店里怎么会有蟑螂呢!"李局长依然死死咬定,再无回旋余地。无奈,赵团长只得又将屋子仔细地察看一遍,没见任何蛛丝马迹,这才蔫蔫地离去。

检查仍在继续进行,所不同的是赵团长却一直在为那只白蟑螂耿耿于怀,而李局长不仅自己时刻关注着赵团长的一言一行,还特意吩咐陪同的两位年轻人好好照顾赵团长,搀上扶下,关怀备至。

第三天晚上,县委、县政府在宾馆举行宴会,宴请检查团的全体成员,同时也祝贺城市文明卫生检查活动圆满结束。席间,杯盏交错、酒酣耳热之际,赵团长把李局长拉到一旁,悄悄追问道:"那只白蟑螂,你到底放哪去了?能不能给我?"

李局长哈哈一笑:"我就知道你放心不下那只白蟑螂,没问题,等一会儿我给你。"

赵团长不放心地追问了一句:"真的?"

"真的。"

"好!"赵团长一扫几天来愁眉不展的神态,"小姐,再拿瓶酒来,我们哥俩今天一定要喝个一醉方休!"

酒足饭饱之后,李局长送赵团长回客房,告辞时,他让随同的一个小伙子将一只精美的小盒子毕恭毕敬地递给赵团长。

赵团长按捺不住内心的喜悦,小心翼翼地打开盒子,一看,不由目瞪口呆:红绒布上,卧着一只晶莹剔透、造型逼真的白玉蟑螂……

(王明军)

(题图:魏忠善)

我代表人民审判你

　　梅山乡最近出了桩大事：村民李伟那天进城，他在半路上看见乡治安队队长王大水骑着摩托朝村里驶去，猛然想起新婚不久的妻子曾告诉他：这个王大水常以调查案情为由到她家里去，还动手调戏她，李伟就多个心眼，急忙赶回去。

　　可他的脚毕竟比不上王大水的"雅马哈"快，他刚回到家，王大水已把他妻子按在床头强奸了，妻子正在王大水身下挣扎。

　　李伟这一下血冲脑门，冲进房揪住王大水劈脸就是几拳。王大水也不多说，抓起随身带的匕首就捅死了李伟，还恶狠狠地说："哼，你算什么东西，老子是县人大代表，是治安队长，我代表人民判你死刑！"

　　赶来的众人把这话可是听真切了，但在政法部门的调查报告里,却没有这句话,王大水本人也不承认说过这话,加上李伟老婆当天就跳河自杀了,没人做硬证。

不管王大水承不承认,这句话在乡里可一传十、十传百地传开了,连常在集市逛的那个蓬头垢面的疯子也听得耳熟了。

事发后王大水投案自首,竟被定性为正当防卫,无罪开释,照旧当他的治安队长,而且他一出拘留所就请来县花鼓剧团,要在集市场上唱三天三夜戏。

俗话说"路不平,众人踩",就在王大水请来的剧团搭戏台的当天,李伟的父母就在不少人的支持下,揣着全乡几百群众签名的告状信,赶往县政府了。

王大水听到一些人的密报后,毫不慌张,戏台照搭,花鼓戏照唱。开唱那天,他一会儿猫脸,一会儿狗脸,竟然臂戴黑纱走上戏台,一脸哀伤地为李伟夫妇悼念:"各位父老乡亲,我王大水前番刺死李伟,虽是被迫自卫,但他不仁,我不能不义,而且李伟的妻子自杀也是因这事而起,人命关天,我是于心不安啊,今天特地请来剧团,向父老乡亲谢罪,向李伟和他妻子谢罪……"

此言一出,台下哗然。大家本以为王大水会说些耀武扬威的话,没想到他并非演庆功戏,而是唱戏谢罪,不觉有点纳闷起来。

李伟的爹是乡小学的一个教师,是一介穷书生,他这一次到县里告状,照样受了冷遇,有关单位的领导还是那副面孔:"不是已经调查清楚了吗?王队长去你们儿子家调查案件,李伟想加害他,他被迫自卫,才杀死李伟。至于你们的儿媳,是因为出了这事羞愧才自杀的嘛……"

乡里的乡长也急急地赶来了,哄他们回来,可一到乡里就变了脸,不但不让李伟的父母去县里上访,还怕他们不听话,把他们留在乡政府,说是怕矛盾激化。

李伟的父母住在乡政府招待所里,耳听得集市上的唱戏声一声声分外刺耳，不由老泪纵横，就蹒跚着走到集市场上，只见王大水威风八面地坐在戏台上，向观众席上又是招手又是致意，明为赔罪，实是炫耀，李伟的爹娘那个气呀，就双双走上戏台，"扑通"在台上一跪："冤哪，我儿冤哪……"

戏台上顿时乱了套，正在唱戏的演员狼狈地退下了台。王大水的脸一眨眼就变了，青筋直跳，只使个眼色，左右便出来几个治安队员，连拖带哄将老人带离了戏台。

他们没将老人带往招待所，竟带到了派出所，王大水随后赶来，赔着笑："老伯老婶，俗话说，冤家宜解不宜结，我给你们下跪了，我赔千个万个不是好不好？"

"哼！你假惺惺骗得了别人，骗不了我们……"两位老人不为所动，他们知道，要是原谅了这个恶魔，怎么对得住冤死的儿子和儿媳呀！

王大水见说软话不奏效，一拍桌子，恶狠狠地吼道："狗急跳墙，鱼急撞网，你们再和老子吵，老子给你们好看……"说罢，扬长而去。

回到招待所，两位老人怎么也不甘心，哭一阵、叹一阵，只怨自己知法不敢犯法，不然杀了王大水才解恨哪！哭来叹去，李伟爹"噔噔噔"摸黑去了外面，李伟娘怕他胡来，也跟了去，谁知李伟爹不是去找王大水，而是进了一家商店，买了一张大白纸和笔墨。李伟娘猜不透他葫芦里卖什么药，等李伟爹手起笔落，才明白他是在写告示：

梅山人民法庭公告

王犯大水，现年41岁，捕前系梅山乡治安队队长。该犯平时假公济私，奸淫妇女，横行霸道，鱼肉百姓，无恶不作。今年10月7日，王犯闯入民宅奸淫妇女，又将其夫凶残杀害，逼得该妇女跳河自杀，而后又伪造证言，以逃避法律制裁。梅山人民法庭经过艰难调查,终使案情真相大白,现依法判处王犯大水死刑,剥夺政治权利终身,立即执行。

"儿啊……"李伟爹和李伟娘看着自己手下的这张告示,又哭又笑。

夜深人静时,两位老人悄悄溜出招待所,来到集市的戏台上,将告示贴在显眼之处。

第二天一早,李伟的爹娘就来到戏台前,等着看王大水的狼狈样,可到了那里一看,他们就傻了:戏台上那张白纸黑字的告示不见了!左找右找,也不见影。老人心冷了,眼看着戏又开场了,锣鼓铿锵,王大水又趾高气扬地坐上了戏台。

戏台上《三连冠》刚开场,春风得意的状元郎踱上舞台,就在这时,只见一个蓬头垢面的男子也跳上台来,这个男子竟是常在集市上晃荡的疯子!

疯子上场就亮个全相,手一扬,手里一卷纸就展开了,有板有眼地念了起来:"梅山人民法庭公告……"

台上台下一时鸦雀无声,目瞪口呆,只有李伟的爹娘热泪盈眶。但随即发生的事令他们怎么也没有想到:只见疯子扔下告示,抽出一把杀猪刀,一下子冲到相距不远的王大水面前,严肃地宣布:"我代表人民判你死刑!"话音未落,早一刀捅破了王大水的肚子,王大水当场一命呜呼。

事发当天,市、县两级调查组就马不停蹄地赶到梅山乡,全面展开了对王大水问题的调查……

(唐凤雄)

(题图:魏忠善)

砸锅

曾凡刚背着两条冻猪腿在城中医院职工住宅区门前转悠，已经好几天了，他在等给他老婆看病的赵桂芬赵大夫，一直没候着。一打听，说是赵大夫去外地学习，昨晚回来，故而今天一大早，他又在门前候着了。

果然不多久，赵大夫提着网兜从小区门里走了出来，看样子是去买年货的，今天已经是腊月二十九了。曾凡刚连忙迎了上去，招呼道："赵大夫，你回来啦！"

"哟，是小曾呀，我上市场去买两条猪腿，过年了嘛！"赵大夫还记得，这个小曾是她治疗过的病人家属。

"那可正好。赵大夫，我在这里等你四五天了，我老婆有病住你们那里，受到很好的照顾，一家子都很感动，打算给你送条猪腿,不知你们家住在哪里,只好在这里等着你。"

赵大夫摇摇头:"小曾,不,不,我们医院有规定,医生不准收病家的东西。要是让院长知道了,他不砸我的饭碗才怪呢!"

曾凡刚有些急了:"我不说,你不说,谁会知道?"

赵大夫看看曾凡刚背上两条饱鼓鼓的冻猪腿,还是摇了摇头:"不行,不行,医院现在规定严着哪!"

曾凡刚明白了赵大夫说话的意思,便轻轻说:"赵大夫,这样好不好,这两条猪腿你就给一百块钱,怎么样?"

赵大夫心里一动:这两条猪腿,光这条小的,至少就要一百元钱,更别说那条大的了。

曾凡刚趁势赶紧把两条冻猪腿朝她脚下一放,于是赵大夫便从兜里掏出一百块钱,递给了曾凡刚。

赵大夫"嗨哟嗨哟"把两条冻猪腿背回家,放进大锅里,然后添足了水化冻,傍晚时分,她看看冻已化得差不多了,便把猪腿搬出来,准备用刀切割成小块,谁知刚把那条大猪腿搬出水面,猛听得"咔叭"一声脆响,那锅里的水眨眼间便没了影儿,锅底已经生出个拳头大的窟窿。正在客厅里打麻将的赵大夫爱人老李和他的内弟、侄儿听到声响,都急急地跑过来,一看锅破了,一屋的人都惊傻了眼。

当地有一种说法:傍年靠节砸了锅,三年五年没法活。那意思是说:在三年五年里,你会处处不顺心,时时不走运,倒霉事儿连成串的。所以即使两家的仇再大,宁可上房揭瓦,也不能进屋砸锅。

好半天,赵大夫爱人老李回过神来,问:"这锅怎么碎了?"赵大夫也不知道是怎么回事,只是摇了摇头。老李突然间像是明白了什么,伸出右手从锅眼里探进去,一下在锅坑里摸出一个大铁球。

几个人又一下子怔住了。过去听说过,小贩子为了赚钱,把猪腿里的瘦肉掏出,把肥肉烂膘或者小石块填进去,再用一片好肉封在外面,用水一浇,拿到外面冻上两天,卖了坑人。可还没听说放进铁球砸人家锅的。

老李问赵大夫这条猪腿的来源,赵大夫便把病人家属曾凡刚半卖半送的事说了出来。老李鼻子一哼,说:"咱就这么好欺负? 明儿找他去!"

第二天一早,老李领着赵大夫、内弟、侄儿,带着那两条猪腿连同那只大铁球,打了个大发车,直奔郊区长阴子村,一路打听来到了曾凡刚家。

此时,曾凡刚正在给他妻子喂药,见赵大夫领着一帮人进来,也不慌乱,不冷不热地招呼一声:"赵大夫,有事儿吗?"

赵大夫点点头:"曾凡刚,我来想问问你,你那条猪腿是从谁家买的?"

谁知曾凡刚回答得挺干脆:"甭问哪家买的,可不关人家的事,那铁球是我放进去的。"

赵大夫怔怔地看着曾凡刚:"你我无冤无仇,你干吗要对我使坏呢?"

没等曾凡刚开口,老李的内弟冲上来一把抓住曾凡刚的衣领:"妈的,我看你是活腻了!"说着抡起了拳头。

赵大夫怕事情弄大,一把推开他,说:"曾凡刚,你说实话,为什么要这样对我?"

曾凡刚斜眼看着赵大夫:"这事该问你自己。"

老李在一旁早憋不住了,他抢步上前,把猪腿往锅台上一扔,又从侄儿手里接过铁球,朝锅里一丢,只听"咔叽"一声脆响,锅底照样也被砸出一个大窟窿。

老李转身对曾凡刚摆摆手:"你送的猪腿还给你,你砸了我们家的锅,我们也砸了你家的锅,两清了!"说完,招呼家人扬长而去。

事情自然不会就此了结。第二天，也就是大年初一早晨，曾凡刚领着八岁的儿子，背着那口被砸的锅，匆匆上了路。

足足走了一个半小时，爷儿俩来到了城中医院门口，曾凡刚放下锅，把放在锅里的那张大纸壳子拿出来，交给儿子。儿子很懂事，接过纸壳就把它高高捧着，只见那纸壳上写着："爷爷奶奶叔叔姑姑哥哥姐姐们，我们家很穷，只有一口锅，昨天被城中医院赵大夫带了一伙人来给砸破了……"

俗话说：好事不出门，坏事传千里。没多久，城中医院赵大夫砸患者家锅的事儿，一下子传开了。上任不久的生作朋院长得知此事后，便从家里赶到了医院，把曾凡刚父子请进院长室。

经询问得知：曾凡刚的妻子长期有病，每年至少要住一次医院。这次他们选择城中医院就医，是因为生院长上任后公开向社会承诺：城中医院坚决不用假药次药，坚决不坑害患者，如有违反者，抓一罚十。曾凡刚妻子在这里住了半个多月医院，可是病情没有一点好转。那天早晨，曾凡刚偶然经过妻子的主治医师赵大夫的办公室，正巧瞥见她探头缩脑、前顾后瞻地溜进里间的配药房，曾凡刚觉得奇怪，便大着胆子跟了进去，顺着没有关严的门缝往里一瞧，只见赵大夫正把应该给他妻子用的两瓶据说是挺贵的进口药，放进自己的小包里，接着只是将两支维生素C给灌进吊瓶。曾凡刚的脑袋一下子"嗡"了起来：难怪妻子的病不见好，半个多月三千元的药费，就这么给换包了！

曾凡刚怎么也想不到，平时一张笑脸的赵大夫会是这样的小人。他心里暗暗打定主意后没有声张，人退了出来，两只眼睛却一直盯着赵大夫，看着她来到病房，把那没有进口药的点滴给妻子打上。待赵大夫走出病房后，曾凡刚便把吊瓶拔了下来。怕他们赖账，他又将吊瓶的瓶底在病床铁架上用力蹭了十来下，留了记号，随后立即把瓶子拿到院长室。

院长不在，那个挺胖的副院长接待了他。副院长一口应诺：

马上进行药检,如果查实,包赔他所有损失,并严惩赵大夫。但是第二天,那副院长告诉曾凡刚说,经检验,这吊瓶里有药。也就是说,并不存在赵大夫换包的问题。副院长还关照曾凡刚:"以后不能瞎说,否则要负损坏医院名誉、诽谤医生的责任。"

曾凡刚哪里咽得下这口气,明明是亲眼所见嘛!他有意接过吊瓶仔细一看,瓶底光光溜溜的,哪里有铁架蹭过的印痕。这不是原来那只瓶!曾凡刚只怪自己少了个心眼,现在是哑巴吃黄连。无奈之下,他只好领老婆出了医院。

但是回家看看病恹恹的妻子,想想丢在水里的那几千元的冤枉钱,曾凡刚心里越想越冤,越想越气,咱明的没法斗,就暗里跟她斗,于是他从废品收购站弄了铁球,放在猪腿里,借计砸了缺德赵大夫的锅,哼!让你三年五年过不了好日子。

生院长听完曾凡刚的述说,即刻把药检员找来。经询问,药检员终于说出了真相:曾凡刚没有说谎,吊瓶里确实没有那种进口主药;副院长当时严令吩咐,此事影响医院声誉,不准张扬。

生院长当即决定:曾凡刚家属在城中医院住了十八天,共花医药费三千二百元。根据医院公开承诺"抓一罚十"的规定,医院赔偿他们三万二千元。他又让人去买了一口新锅,派车亲自送曾凡刚父子回家。临告别时,他对曾凡刚说:"小曾呀,要是你还相信我们城中医院,那么过几天我亲自来接你妻子到医院治疗!"曾凡刚感动得流下了眼泪。

处理完曾凡刚的事,生院长立即召开院领导班子成员会议,研究处理内部问题。第二天,生院长领着几个副院长一起到赵大夫的家。赵大夫知道东窗事发,正在家六神无主,见院长上门,更是慌了神。

还是老李沉得住气,迎上去冲着生院长说:"生院长,曾凡刚的锅是我砸的,责任由我来负。"

生院长说:"我们今天到你家来,不是谈曾凡刚家的锅被砸的责任,这责任医院已经给负了,锅也赔了,钱也退了。我们现在要谈的是赵大夫……"

赵大夫听懂院长的意思,抢在丈夫前面说:"生院长,我错了,我写检查。"

"检查是肯定要写的。"生院长说,"只是你家那口被砸的锅……"

老李当即表态:"没啥,没啥,那口破锅丢了就算了。"

"好,既然这口破锅你们要丢了,那么我们院里要了它!"说着,他招呼两位副院长立即揭了那口破锅,同时通知赵大夫说:"你今晚写检查,明天早晨八点到医院听候处理。"说完,和副院长一起转身抬着锅走了。

这一晚,赵大夫夫妻俩猜测了一晚,也猜不透生院长葫芦里装的是什么药:那口破锅医院要去干什么? 自己又会受到什么样的处罚?

第二天早晨八点之前,忐忑不安的赵大夫踏进医院大门,眼前的景象使她大吃一惊:她家那口被砸掉了底的破锅,被稳稳地安放在一个连夜赶制出来的木架上,显眼地放在医院大厅中央!

上班铃声响了,生院长和城中医院全体职工准时来到大厅。生院长扫了一眼正小声交谈着的职工及四周"叽叽喳喳"来候诊的病人,清了清喉咙说:"今天,我们当着群众的面,开一个全院职工会。我宣布:赵桂芬大夫违反院规,坑害病家,从今天起停薪下岗三年! 另外,我把赵大夫家那口被病家砸破的锅安在这里,是想让我们城中医院的职工每天一上班就看到它,用它来提醒我们,谁丧失医德,谁坑害病家,谁的饭锅就要被砸……"

(白 琅)

(题图:魏忠善)

十只礼品兔

　　刘老汉今年六十五岁了,是个退休职工,每月退休金虽然不多,但生活还过得去。

　　可是最近,他心里很烦。烦什么?三个儿子家里,生活都碰到了困难。刘老汉觉得自己身板还算硬朗,这天就蹬上家里那辆破三轮车去市里转悠,想看看能不能找个门路,帮儿子们一把。可转了大半天,一无所获,他心里很沮丧,只得打道回府。

　　没想经过一家菜市场时,他眼睛一亮!看到啥啦?地上散落着不少菜叶皮,虽说大多是老叶、烂叶,可也有不少是好好的嫩叶。刘老汉赶紧把车停下来,跳下车去捡。旁边一个菜农看见了,问他捡这干什么,刘老汉脸有些热,忙掩饰说:"喂兔,家里养着兔子呢!"

这一捡，刘老汉竟捡了将近有半车的嫩菜叶子，他运回家，洗净，装袋，分别给三个儿子家送去。儿媳将菜炒了，小孙子、小孙女们个个吃得香，还说："爷爷，这菜真好吃，以后能天天吃吗？"

刘老汉听着这话，背过身去"叭嗒叭嗒"直掉泪，他咬咬牙对自己说：为了儿孙们，自己就是豁出老脸，也要再去捡菜叶。于是第二天，刘老汉蹬着那辆破三轮车又去那家菜市场了，整整捡回来一车菜叶子。三个儿媳手都巧，变着法子在这些菜叶子上做文章，除了炒，还用它来做汤、做馅，吃得小孙子、小孙女们直乐。

不过时间一长，儿子们也猜到了这些嫩菜叶的来历，可都不愿意把话点破。倒是那家菜市场的管理员，渐渐和刘老汉熟了，见他每天都来捡这么多菜叶，还真以为他家里养着一大群兔子哩！

转眼就到了年底。这家菜市场归工商所管，要过年了，工商所要给上级部门送礼品，打听到新来的领导特别喜欢吃兔子肉，所长就动起了脑筋，想搞十只活兔去"孝敬"。这事儿被菜市场姓蔡的主管知道了，蔡主管脑子一转，立刻想起每天来捡菜叶的刘老汉，于是便向所长拍胸脯说："这事儿交给我，两天内保证办好。"所长一听大喜过望，拍着蔡主管的肩膀连连说好。

回到菜市场，蔡主管找来正在捡菜叶的刘老汉，说："老刘啊，你天天来捡菜叶，按说应该收管理费的，看你也不容易，这管理费就免了。可现在到年底了，你是不是弄几只兔子来给领导们看看？也好让他们知道，我们菜市场不光卖菜，还物尽其用支持养兔专业户哩！"

刘老汉一愣：这不就是问自己要兔子来了？咋办？他含含糊糊道："我……我……要不，我弄几只……"

蔡主管笑了："一言为定，明天你送十只兔子来！"

"十只？要这么多？"刘老汉慌了神。

蔡主管转转眼珠说："十只能算多？按管理费一天三块算，一个月三十天就得九十块，一年十二个月就是一千零八十块！我现在才要你十只兔子，你说多不多？"

刘老汉一时没了话。

蔡主管忙说："好啦好啦，不就是十只兔子嘛！你每天这么多菜叶喂下去，十只兔子还拿不出来？可有一样，咱要的这兔子是去送人的礼品兔，要不肥不瘦、皮毛光亮、活蹦乱跳的，你可得好好挑一下。"说完，他不等刘老汉回话，就拍拍屁股走了。

望着蔡主管一晃三摇的背影，刘老汉可发愁了：别说十只兔，就是一只，他也没有啊！去买？就是在乡下，一只兔也得十几块，十只就是一二百块呀，眼下家里连过年的钱都还没着落呢！刘老汉越想越着急，回家路上急出了几身汗，冷风一吹，当夜就发高烧起不来床了。

第二天，蔡主管坐在办公室里等刘老汉来送兔，等来等去等到天黑也没见刘老汉来。第三天又等了整整一天，还是不见人影儿，就更别说什么兔子了。

这天下午，所长打电话来催问礼品兔的事，说是不能等了，最迟明天无论如何得把年礼给领导们送去。蔡主管放下电话大骂刘老汉不守信用，把他给耍了，骂过之后，便急急忙忙弄了辆车，冒着风雪到乡下去买兔，直到天黑总算把兔买好，送到所里。

所长见了他，黑着脸说："弄几只兔子就这么难？不想弄当初就别吹这个牛！其他所早把年礼给领导们送去了，就数咱们所落在最后。"所长劈头盖脸一顿训，让蔡主管恨不能立刻找到刘老汉，把他一口给吃了。

这天，蔡主管正在菜市场值班，一抬头，见刘老汉拎着四五只又瘦又小的兔子来了，见了面，刘老汉就向蔡主管道歉，说他这几天病了，起不来床，耽误了送兔。

蔡主管早气得脸色发青,指着刘老汉鼻子吼道:"你这个家伙真不是东西,你一天一车从我这里拉走多少不花钱的饲料呀?我啥费用也不收你,就让你送几只兔子来,你居然也不搭理。好,你不仁就别怪我不义,这里的菜叶,以后不许你捡了!"

刘老汉见蔡主管这副凶神恶煞的样子,赶紧低头哈腰地把手里的兔子递上去,哀求道:"是我不对,都怨我,我改日加倍偿还行不?"

蔡主管冷冷地说:"不行,晚了,我们不稀罕了!"说着,他把刘老汉塞给他的兔子远远地扔出了门外。

刘老汉眨巴着眼睛,小心翼翼地看了蔡主管一眼,只好过去捡起兔子,可怜巴巴地走了。

旁边一群看热闹的人摇头议论说:"唉,这老头也是,不就几只兔子吗?就是几只羊,他们想吃还不得让他们吃?这下麻烦惹大了吧,得罪了他们,会和你拉倒?"

果然第二天,刘老汉又来捡菜叶,恰好被蔡主管撞见,蔡主管说:"不是说不让捡了吗?怎么又来了?"说着,从办公室拿来条铁链子,"哗啦"一声把刘老汉那辆破三轮锁在了菜市场门口的铁栏杆上,算是没收了,任刘老汉怎么央求,就是不睬他。

刘老汉只好两手空空、垂头丧气地回去,家人和邻居们见他这个样子,车也没了,就问他出了啥事儿,刘老汉如此这般一说,他的大儿子顿时火冒三丈:"拾点地上的菜叶还犯啥法?走,找他个混蛋去!"说着,回家拿了铁锤就要走。

邻居们"呼啦"一声一下子跟上来七八个,刘老汉怕他们出事儿,拦着怎么也不让走。大儿子说:"爹,你放心,我们不会怎么着,我拿铁锤不是去打人的。"

很快,他们就到了菜市场门口,刘老汉的大儿子二话不说,抡起铁锤就把蔡主管给三轮上的锁砸了。

蔡主管闻声出来,气咻咻地嚷道:"你们要干什么?"

刘老汉的大儿子理直气壮地说："干什么？来推我爹的车！"

刘老汉的邻居们围着蔡主管质问道："人家捡点地上的菜叶，你们张口就要人家送兔，还锁人家的车，你们是土匪还是强盗？"

蔡主管犟着脖子说："市场得有市场的规矩，不能谁想怎么着就怎么着！"蔡主管见对方人多势众，怕自己吃亏，说完就拿出手机给所长打电话，说有人聚众闹事，让他赶快过来。

等所长赶到时，刘老汉大儿子他们已经走了，蔡主管让所长看被砸坏的锁，还添油加醋地汇报了一通。所长一听很生气，立刻指示说："你赶快跟上去，弄清他们在哪里住，随后我们去查他的兔场。只要找出一点毛病，就把他的兔窝给端了，哼，看他们厉害还是咱们厉害！"

蔡主管一听，不禁心里佩服：到底还是领导高瞻远瞩啊！立刻开车跟了上去……

两天后，刘老汉家门前突然开来两辆车，从车里下来一群穿制服的人。刘老汉和邻居们闻声出来，一看蔡主管也在里面，心说：不好，找事儿的来了！

刘老汉忙赔着笑脸和蔡主管打招呼。

蔡主管板着脸，摆出一副公事公办的样子，说："有人举报，说你的养兔场既没营业执照，又没饲料保证，经常拿垃圾喂兔，这不直接影响兔肉的质量吗？为保护消费者利益，我们今天特来查实。"说着，就要进刘老汉的院子。

刘老汉忙把院门拦住，说："再有几天就过年了，你们过了年再来查，行不行？这大过年的，弄得鸡飞狗跳的，不好。"

蔡主管眼一瞪，说："不行，过了年你把兔场一转移，我们不就查不到证据了吗？今天非立刻检查不可！"

刘老汉却死命把着院门，就是不让进。

蔡主管随行的一伙人中，有个声音高叫起来："再不让我们进去检查,就是妨碍公务了!"

刘老汉还要拦,他大儿子在院子里喊道:"爹,别求他们,就让他们进来查!"

"唉——"刘老汉深深地叹了一口气,只得让开。

于是,这些人便神气活现地冲进了院子。他们一看,院子很小,屋也不大,转了一圈,哪有兔子的影子?不仅没兔,连兔舍、兔粪都看不见,根本不像养过兔的样子。

蔡主管急了,嚷道:"刘老头,你耍我们是不?你的兔舍呢,你的兔呢?再耍花招,我们要加倍处罚了!"

这时,刘老汉实在忍无可忍了,指指院子,指指屋子,激动地说:"这不是兔舍吗?"又指指他的老婆,他的儿孙们,说,"这不是兔子吗?"

蔡主管大惑不解:"刘老头,你装什么疯?卖什么傻?他们明明是人,怎么成兔子了?"

刘老汉哭着喊道:"他们是人不假,可他们吃了喂兔子的菜叶,不就是兔子吗?我三个儿子都下岗了,没钱买菜,我就去菜市场捡菜叶,说是喂兔,其实全是人吃了。你们不是爱吃兔吗?那……那就请吧!"

顿时,院子里响起一片"嘤嘤"的哭声。

这时,越来越多的人涌进刘家院子里来,一个黑脸汉哑着喉咙朝蔡主管吼道:"你们要吃兔,为啥还不张嘴?张嘴呀!哼,我们倒要看看你们到底嘴有多大、牙齿有多尖利!"

院子里群情激愤!刚才从那两辆车上下来的一伙人,全僵在了那里,蔡主管自我解嘲说:"没想到,真没想到会是这样啊……"

(苏景义)

(题图:黄 勇)

大年初一难送礼

　　这是发生在邻居家的一个真实故事，故事主人公叫甄美丽。

　　甄美丽名字美丽，人也长得漂亮，可是命运却不尽如人意：丈夫刚离世不到半年，她自己又下了岗，守着一个上中学的女儿，今后的日子可怎么过呀？这不，眼看着春节就要到了，家家都在办年货，可她们娘儿俩却只能脸对着脸抹眼泪儿。

　　有人给美丽出主意，说趁过年儿，给"就业办"胡主任送份礼，说不定过罢年就会给安排工作呢！光掉眼泪可不成。美丽觉得这办法或许行，于是抹完眼泪，就让女儿陪着到超市看看，想买点什么礼品给胡主任送过去。

　　转了几家超市，凡看中的东西美丽都觉得价钱太贵，而价钱便宜的又实在拿不出手。最后，女儿目光落在一盒乳猪上，说这东西稀罕。美丽一看，要二百五十元。手里就捏着这么点钱，买了乳猪，过年可就什么都别想买了。不过，既然女儿说好，买就买了吧！

走出超市，美丽小心翼翼地把这盒乳猪放进包里，突然发觉盒子上面的价目标签，怎么看怎么不顺眼："二百五十元"，这"二百五"在当地可是个骂人的字眼啊，是自己二百五，还是把东西送给二百五？再说，如今给领导送礼，几百元东西都不算什么，这二百五十元的东西送出去，到时候胡主任会不会说自己小气呢？想到这里，她一把把标签撕了下来。

女儿在旁边看了一惊："妈，你这是干啥？"

美丽把她的想法如此这般一说，女儿直摇头："妈，你没看标签上有这乳猪的出厂日期吗？你怎么能把它撕了呢？"

经女儿这一提醒，美丽急了："那怎么办？"

女儿说："再贴上。"

美丽只好按女儿说的办，可是费了半天劲儿却怎么也贴不好，母女俩左看右看，原先被撕过的地方，接缝特别显眼。可是，实在没有钱再去买新的了，所以到小年夜那天，美丽只好和女儿一起，把这盒乳猪送到了胡主任家里。

胡主任夫妻俩客气了一番，最后胡主任说，现在下岗工人越来越多，他也能力有限，工作不好安排呢！不过，美丽的事，他心里一定记下。

美丽和女儿结结巴巴地说了不少客气话，然后就离开了胡主任家。因走得慌，一出门，美丽就踩着了女儿的脚跟，女儿"哎呀"一声，忙蹲下来提鞋。

此刻，从门里传出胡主任的说话声："哦，乳猪？好啊，正好过年尝个鲜……怎么，标签换过了？该不是她们从哪儿捡的吧？那可不能随便吃，万一……"

美丽和女儿听到这儿傻了眼，她们万万没有想到倾尽所有送礼,却送出了这样的结果！胡主任竟然这么看低她们！

母女俩又气又慌地下了楼,刚走出楼门口,就听楼前垃圾箱里"咚"的一声响,连垃圾箱的门也被撞开了。她俩吓了一跳,仔细一看,楼上甩下来的东西,正是她们送给胡主任的那盒乳猪,此刻盒子已被摔破,半个乳猪脑袋歪在盒子外面,黑亮亮的小眼珠正嘲讽似的瞪着她们。

美丽的脸顿时变得刷白。

大年初一,家家鞭炮声不断,可是美丽家却冷冷清清,母女俩望着放在桌上的乳猪,泪水直往肚里咽。过年是应该吃饺子的,她们却吃起了乳猪。乳猪是穷人吃的吗？吃完乳猪,再吃什么,喝西北风？

（张记书）

（题图:安玉民）

抓　阄

　　要想翻身,除了自己的努力以外,还要靠什么?靠机遇!

　　里山村的两百多户人家,现在就有这么个翻身的机遇!不久前传来一个好消息,县里决定在齐岭山造一个水库。水库一造,齐岭山四周的五六个山村全得淹没在汪洋之中,也就是说,里山村的村民终于可以因此而离开这块穷乡僻壤,改变世代贫困的命运了。

　　没过多久,县里的移民方案出台了:移民以村为单位,一批移往县东面的临河镇,另一批移往县西面的石林镇。为了体现公平,采用最原始的办法——抓阄:由每个村的村主任为代表参加抓阄,抓到哪里,这个村就移往哪里。

　　消息传来,整个里山村顿时炸开了锅。原来,动迁要去的这两个地方,有着天壤之别:东面的临河镇十多年前就是全县闻名的"亿元镇",富得冒油;而西面的石林镇却只比他们现在的里山村好一口气。这可是关系到全村人今后子子孙孙的命运啊!要是村主任手气不好,有个闪失,那……真是不堪设想。于是,大家都不约而同地拥到了村主任家里。

里山村的村主任名叫林山生,是个退伍军人,虽说上任还不到三年,却已经赢得了大家的信任。可眼下抓阄这事毕竟非同小可呀,谁的心中都没有底,于是就有人对林山生说:"村主任,这抓阄靠的是手气,我已托城里的朋友去买高级香皂了,买来后你得天天用它洗手呀!"也有人说:"是呀,我们大家的命运全在你这只手上了呀,这些天你什么也别做了,好好把这只手保养起来。"甚至还有人说得更离谱:"抓阄之前,你可不能碰你老婆,以免被女人坏了手气。"气得林山生老婆当场翻了脸,连夜跑回了娘家……

总之,一时间,众说纷纭。

这一来,林山生的压力太大了,白天吃不下,夜里睡不着,人整个瘦了一圈。他绕着村后的小河转了三圈,最后一咬牙,召开村民代表大会,宣布他这个村主任不干了,谁能抽到好签谁当!

这下,村民们都傻了,在这节骨眼上,谁敢来当这个村主任呀?

找不到接班人,辞职也没用,林山生还得去抓这个阄。

一波未平一波又起。眼看抓阄的日子快到了,村里忽然有人传说,老村主任阿三伯近来手气好得不得了,闲来玩些小麻将没有一场不赢的。此消息一出,十几个村民就一起来找林山生,要他将抓阄的权力让给阿三伯。

林山生正巴不得呢,这不是"瞌睡碰到枕头"了吗?连忙一口答应:"只要阿三伯愿意,我没有任何意见。"

那些人一听,就一阵风地拥到阿三伯家里。

阿三伯听大家说明来意，一跺脚说："你们说得不错，最近我手气是挺旺的，如果大家信得过我，那我就代山生去抓阄吧！不过，我丑话说在前头，万一抽不好，你们可别怪我。"

消息传出，村里人都点头说好，姜总是老的辣，有老村主任出马，大家心里踏实了不少。

转眼，抓阄的日子到了，里山村两百余户人家谁也不干活了，像等待判决一样期待着阿三伯能带好消息回来。从村里到乡里有二十多里山路，这天全村跑得快的壮汉都出动了，每隔一里就站个人，这样能用最快的速度将消息带回村。

林山生陪着阿三伯去抓阄。

走到乡政府门口，阿三伯把林山生拉到一边，紧紧抓住他的手说："山生啊，这抓阄的结果谁都不知道，要是抓得好，自然是好，要是抓得不好，我也没脸回村了。唯一放心不下的就是我老伴，只有拜托你照顾了……"

林山生听阿三伯这么说，不由眼泪夺眶而出，他激动地说："阿三伯，你放心吧，你抓得再不好，我们也不会怪你的。但有一条，你千万得和我一起回村呀！"

阿三伯什么也没有再说，只是默默地握了一下林山生的手。

抓阄很快就开始了，气氛压抑得简直让人透不过气来。轮到阿三伯的时候，他狠狠抽了几口烟，然后猛地将烟蒂一丢，上前抓了一个阄，双手颤抖着打了开来。

突然，他眼前一亮，大声喊起来："临河，临河！"

守在门外的林山生一听，一下就跳了起来，立即冲出乡政府，将这个好消息告知守在外面的村民！立刻，一站接着一站，好消息像长了翅膀一样，向里山村飞去……

阿三伯先一步走出乡政府大门的时候，只见一顶披红挂绿的八人大轿出现在眼前，随着"噼啪、噼啪"爆竹响，八个喜笑颜开的精壮汉子忍不住就将阿三伯抬起来往天上抛，抛了三回还觉不过瘾。一路上，他们越想越高兴，越抬越兴奋，说着笑着，抬着颠着，走路就像扭秧歌一样。而且每抬一里路，就有人等在那里接班，人越聚越多，唢呐号子越吹越响，仿佛轿子里坐着的阿三伯就是一个得胜回朝的大将军。

眼看就要到村里了，队伍越来越壮大，这时林山生后一步开完乡里的会赶上来，还没来得及说话，只见从村里跑出一个人来，大声朝队伍里的人喊："颠不得呀，快别颠了……"大家一看，是阿三伯的老婆阿花婶婶。

阿花婶婶气喘吁吁地说："放下来，颠不得呀，老头子有心脏病的……"

此话一出，大家才突然想到：是呀，阿三伯不是心脏有病的嘛！连忙放下轿子，掀开轿帘一看，阿三伯早口吐白沫不省人事了！

这真是乐极生悲呀，大伙一下全傻眼了。

林山生着急地一挥手说："快，去医院！"于是轿子匆匆掉头，立刻往医院赶。

见了医生，一行人全哭了，苦苦哀求无论如何要医生想办法把阿三伯救过来，可是医生一检查，只说了三个字："太迟了！"

阿花婶婶扑在阿三伯身上放声大哭，那些抬轿子的汉子们个个哭得泪人似的。林山生擦着眼泪，搀起阿花婶婶说："婶婶，别哭了，咱们送阿三伯回家！"

一路上，阿花婶婶流着眼泪告诉大家说："你们不知道，老头子手气好的风声其实全是他自己放的，和他打麻将的几个都是他的亲朋好友，事先串通好了的，故意做戏呢！他是想为山生分担些。他对我说过，山生若是抽得不好，大家心里有冤气，今后他还怎么带大家往前走？他说他反正年纪大了，若是抽得不好，也不准备回来了。可……可想不到，抽得这么好，老头子他……他还是去了……"说到这里，阿花婶婶又伤心得失声痛哭起来。

阿花婶婶这番话,说得大伙全都愣住了。

"阿三伯——"林山生涕泪横流,大喊了一声。

阿三伯出殡那天,林山生被乡里叫去开紧急会议,他关照大家,出殡仪式一定要等他回来主持。那天,全村上自满头白发的阿公,下至抱在手里牙牙学语的毛头,全都在阿三伯的遗体前哭成一片。

晌午时分,林山生阴沉着脸回来了,他什么也没说,"扑通"跪倒在阿三伯遗体前,"砰砰砰"地磕着响头,一磕一个血痕。

大家愣住了,纷纷上前拉他:"山生,你怎么啦?""山生,你节哀呀,这出殡还等你来主持呀!"

林山生红着眼睛仰天长叹道:"阿三伯,你……你死得好冤呀!"

原来,刚刚乡里的那个紧急会议宣布:省里下了文件,因为缺乏资金,水库不造了……

（丰国需）

（题图:箭　中）

别伤了亲人的心

市机关有个小伙子，叫高见，前段时间被下派到大山里的石洼村当书记。

腊月底的这天，他回到市里过周末。一大早，石洼村村长打来电话说，昨夜暴风雪后，几户村民的房子都出现了险情，催他今天务必赶过去想办法。

说实话，石洼村那个穷山沟，条件实在太差，这大冷天的他真不想出门，可想想就在前几天，他的事迹和照片还上了报，自己是刚树起来的下派干部典型，于情于理都是该去的。

高见裹紧衣服出了门，坐上中巴车后，北风夹着雪花越刮越紧，路滑车慢，一路惊险，磨蹭到下午一点多，才开进离石洼村还有四十多里的一个小镇。司机舒了一口气，"嘎"地把车停下，说是前面山高路险,再开就是玩命,不进山了,让大伙自己想办法。别的乘客听了这话都骚动起来,可高见却心里暗乐:大雪封山,车子开不进去,这下不能怪我了,只好打道回府。

高见站在路边等回城的车,边等边用手机给村长打电话,把情况和村长说明了,说这雪也不可能说化就化,年底这几天的工作,就由村长放手干。阵阵寒风刺骨,高见缩着脑壳直哆嗦,为了赶车,他连早饭都没顾上吃,这会儿早已饥肠辘辘,向人一打听,半小时后才有去市里的车路过,又见不远处正好有家小饭店,于是拎着公文包,"喀嚓、喀嚓"踩着冰雪走了过去。

小饭店是两间平房,里面收拾得挺干净,一字排开的炭炉上放着几只铁锅,烧好的牛肉、羊肉炖在里面,热气腾腾。大概因为吃饭的高峰已过,屋里一个客人也没有,高见一屁股坐在方桌边的凳子上,冲里屋叫道:"老板,吃饭!"

老板应声而出,是个黑脸大汉,四十多岁,胡子拉碴的,相貌凶悍。他拄着拐杖走近高见,招呼道:"吃饭?想吃点什么?"

这店老板的长相,让高见想起了一件事。那天,高见从市里搭车去山里,上车前,跟车主说好直达石洼村,可到了这里,车主却很霸道地将他赶下车,让他转车。车主是个大块头,剽悍嚣张,一脸蛮相,当时高见苦笑着问他:"老板,假如我不下车,恐怕就要吃皮肉之苦了?"车主晃晃拳头:"不错,小子你还挺有见识呀!"瞧,这地方人,什么德行!

高见爱琢磨人,自信眼力不错,看人一看一个准,这会儿他越瞅店老板越觉得他不对劲,便提醒自己得多几分警惕。他不露声色,笑着答道:"一碗牛肉,五块白干,一盘青菜。对了,有半斤装的酒吗,来一瓶!这鬼天气,冷死人。"

店老板动作挺利索,点着酒精炉子,放上小铝锅,将高见点的菜放进锅里。一会儿,锅烧开了,高见便狼吞虎咽地吃起来,几杯酒下肚,身上也渐渐热乎起来。

　　别看这山野小店,菜烧得特有味道,高见吃得一头大汗,边吃边夸:"嗬,老板,你的手艺不错啊,这牛肉的味道还真地道!"

　　"哪里,哪里,你有所不知,不是我的手艺好,你吃的可是本地的黄牛肉,价格贵得要死呢,味道自然好!"店老板站在一旁搓着手答道。高见抬头,猛地瞧见店老板那双眼睛,死死地盯着自己放在桌上的皮包,好像包里有一堆金子似的。

　　坏了,麻烦来了!店老板的话犹如一块骨头,卡在高见的喉咙里,高见恨不得把吃下去的东西全给吐出来。他心想:我今天真是饿糊涂了,怎么吃之前不问价钱呢?店老板真要斩自己一刀,怎么办?瞧他那眼睛,多花几个钱倒是小事,可这做冤大头的气,让人受不了!

　　这么想着,鲜嫩的牛肉顿时没了滋味。

　　高见正埋头思忖对策,店老板忽然凑过来问道:"您是工商干部?"

　　高见一愣,不置可否地应道:"咦,我又没穿制服,你是怎么看出来的?"

　　"原来您真是工商干部啊!"店老板似乎来了精神,"嘿嘿"一笑,"您那皮包上不是写着的嘛!"

　　高见恍然大悟,自己的皮包上赫然印着"市工商会议纪念"几个字,原来这店老板一直在看它,想必是对工商干部心存畏惧,想打探清楚他的身份,免得斩错了客,日后麻烦。高见不由得心中窃喜:有了,这朋友送的包,帮上大忙啦!

　　高见索性"借坡下驴",挺直了腰杆,很有派头地说:"哈,看不出来,老板还是个有心人!不错,我是工商局的,姓胡,业务科科长,来你们县里办点事,顺道到基层去暗访。你对工商干部有什么意见,可以直接……"

　　他话还没说完,那店老板手里的拐杖就"笃笃笃"地响了起来。只见他迅速跛到碗橱前,剜了半瓢猪油,倒进高见的菜锅里,赔上笑脸说:"胡科长,我叫黄大柱,您叫我老黄好了。这么大冷天,你们还下来跑,太辛苦啦!加点油,加点油,没油不好吃,这油不算钱的。"

"不行,不行,你们做点小生意也不容易啊!"高见一本正经地推辞着。

黄大柱却不接他的话,小心翼翼地问:"哎,胡科长是下来搞暗访? 那……我们镇的工商所所长张爱民,您认得不?"

高见吃不准对方要干什么,他决定把戏接着唱下去,至少对这种势利小人得好好治治。他晃晃手里油亮亮的筷子,故作神秘地说:"嘿嘿,老黄呀,我也不瞒你,你们所长张爱民,我不但认识,而且关系还不寻常哩!"俗话说:县官不如现管。高见觉得把自己和当地工商所长扯上关系,这个老黄就不但不敢宰自己,恐怕巴结还来不及呢!

果然,老黄一听他这话,兴奋得满脸放光:"哎呀,贵客,贵客,小店真有福气!胡科长,您慢吃,我去叫张所长来陪陪您!"

"不用了,我上午打他手机一直关机,我再打打看!"高见怕露馅,急忙摇摇手,掏出手机,装模作样地按了一串号码,贴在耳门边等了一会儿,然后又装模作样地说:"哎呀,总算通了!对,你还能听出我的声音啊,我以为你把我给忘了呢。张大所长,你还挺忙的嘛,上午跑哪去了,怎么现在才开机?我在哪?在你的地盘上,车站小饭店喝闷酒!别来吧,我马上就得走。好,下次去市里,我们好好聚聚!"

这个电话,威力非同小可!高见派头十足地收起手机的当儿,满满一瓢牛肉已经添进了锅,老黄不住地说:"吃,吃,多吃点,胡科长,牛肉不是什么好东西,可它作暖呢!"高见心里有数,这瓢香喷喷的牛肉又是白送的。这里的人啊,怎么这么势利?治治他们,活该!

虽然很解气,但这时候高见已经吃不下了,而且也不怎么高兴,看到朴实的山里人竟也失去了以往做人的正直,他心里挺不舒服。

正在这时候,老黄在一旁又讨好地开口道:"哎呀,我听出来了,胡科长,您跟我们张所长关系真不一般啊!"

"那当然!"高见不屑地说,"这么跟你说吧,你张所长跟我一个铺睡了三年,你说我们感情怎么样?"

"哦!"老黄眼珠瞪得老大,抓了抓乱糟糟的头发,"那后来呢,你们怎么不在一起了呢?"

高见故作惋惜地说:"唉,我们都是身不由己啊,后来我在市里工作,可惜他分到下面来了!"

高见把故事编得越来越有板有眼,可老黄的脸却突然黑了下来:"你们就为这分开了?"

"就这,"高见诧异地点点头,不知道哪里出了问题,于是赶紧补充道,"不过,我们现在还常来往,他到市里,我还陪他在宾馆里吃住呢。他这人很不错的,一段时间没见,我就怪想他的……"

不知道为什么,他的话还没落音,只见老黄的脸已经涨得通红,额上的青筋鼓得老粗。只见他伸手关了火炉,气咻咻地说:"你说的瞎话,鬼才信!要是再敢胡说八道,小心我磕了你的牙!小店要关门了,胡大科长,对不起,你给我出去吧!"老黄边说边动手收拾碗筷。

高见傻眼了:自己没说错话啊,怎么老黄忽然就翻脸了呢?莫非他还要宰我?可我现在是"工商干部",我怕他什么?想到这里,高见也板起了脸,盛气凌人地说:"老黄同志,有你这样做生意的吗?我这顿饭还没吃完,你就强行要赶客人走,不文明经商不说,这饭钱怎么算啊?"

"去你的,少给我来这一套!"老黄"砰"一拍桌子,指着高见的鼻子吼道,"我一分钱不收,你还有什么话说?我就是不想让你再呆这了，就你这模样，也能搞'暗访'？自己道德就有问题！"

一分钱也不收？这倒是高见没想到的。高见觉得老黄不收钱正说明他心里发虚，于是便不依不饶地也抬高了嗓门："怎么啦？我哪里得罪你了？你这样赶我走，得有个说法，否则传出去，说不定还会闹出什么误会来！"

一个要他走，一个不肯走，屋里的气氛顿时紧张起来。

就在这时，一个二十五六岁的女人匆匆进了门，穿着一身工商制服，挺漂亮的，她进门就质问老黄："怎么回事？怎么能和客人吵？什么态度嘛！"

老黄一脸委屈地说："张所长，我不是没心没肺的人，要不是您帮我拿贷款、盖房、办执照，开起这个小饭店，我家里的日子没法过不说，老婆怕也早病死了，我打心眼里感激您啊，所以工商干部来我这小店，我一向很尊敬的，只收个成本，为这事，您还批评过我多次。今天这位市工商局的胡科长，我晓得是您的熟人，刚才他还给您打了电话，我怎么会怠慢他？可他……"老黄欲言又止。

天哪，眼前这个女人竟然是张爱民，张所长？一个文静的女人，怎么起了个男人的名字？高见惊讶得半天合不拢嘴，想起自己刚才吹的那些话，脸"刷"地红成了猪肝色，他低下头，恨不得找条地缝钻进去。精明的高见立刻预感到：这回丢脸不说，弄不好还要惹大麻烦了。

张爱民听老黄这么一说，看了看高见，似乎也明白了什么。不料她不但没发火，还"噗嗤"笑了起来，对老黄说："是的，胡科长不仅是我的……熟人，还是我的亲戚呢，我就是接到他的电话才赶来的。可现在，他怎么惹恼了你？"

老黄瞪了张爱民一眼："人家坏您的名声，您还笑得出来？"

"坏我名声？不会吧，他能坏我什么名声？"张爱民歪着脑袋奇怪地看着老黄。

老黄愤愤地说："他说跟您……睡过三年,您到了乡下,他才甩了您!现在,他还和您……缠不清!张所长,您还没嫁人呢,这话传出去,怎么得了?"

高见最担心的话,该死的老黄还是说出来了!

张爱民愣住了,白皙的脸蛋绯红一片。不过她转转眼珠,立刻大笑起来:"哈哈!他说的不假,那是我们七八岁的时候啊,有什么奇怪的?我们是表亲,现在怎么就不能来往呢?"

高见顿时长嘘了一口气,心里对这个张所长真是又感激又佩服。

黄大柱听张爱民这么一解释,乐了,一拍大腿,不好意思地说:"该死,瞧我想哪去了,得罪了,胡科长,我就说嘛,张所长不是那样的人!"

从饭店出来,高见的脸上火辣辣的,尴尬地对张爱民说:"谢谢你……"

张爱民盯着他的眼睛,说:"谢我什么?高见先生?"

高见一惊:"你认得我?"

"是呀,在市报上认识的呀!我对你那张照片印象很深,年轻有为,又肯吃苦,说实话,当时看了你的事迹介绍,我很敬佩你呢!刚才我是碰巧路过,听见争吵声才进来的。"张爱民若有所思地说,"其实,我们只要为老百姓做一件小事,老百姓一生都会感激我们,就会把我们当自己的亲人护着,你不该小看他们。我这样做,不是为你,是不想伤了他们的心!"

冰凉的雪花,无声地飘落着,白茫茫的山野,格外静寂,而此刻,高见的心里却不觉间涌起阵阵暖意。告别张爱民后,一辆去市里的客车正好开过来,可是高见没有上车,踩着白皑皑的积雪,他别转身,急切地朝大山里走去……

（白　驰）

（题图:魏忠善）

明天有暴风雪

　　小袁是晚报"目击现场"栏目的记者,由于他敢于涉及敏感话题,还常常通过舆论压力帮助基层解决实际问题,所以在读者中很有影响力。

　　一个周末的下午,小袁的手机突然响了,有人提供线索说,许家坳小学教室刚塌,而且出了人命。没等小袁再问,对方就把电话挂了,不过那沙哑的声音,小袁猜测这人八成是许家坳小学的许校长。小袁心里猛地一沉,快速下楼,跳上采访车就往许家坳赶。

　　说起许家坳小学,小袁印象很深。三个月前,他们那个面黄肌瘦的许校长带着全体村民的联名信,亲自来晚报找小袁,反映学校危房情况,请求派人去采访报道一下,说是前不久邻村小学校舍倒塌,就是在小袁的跟踪报道下,漂亮的新校舍没多久就建成了。后来小袁写的专题采访报道刊登了,可问题却并没有像许校长希望的那样立刻得到解决,于是许校长又跑来找小袁,小袁只好给他解释,他已经去他们乡里了解过,乡里答复说现在需要解决的问题太多,这个校舍毕竟只是有可能出事,还没出人命,就得再往后排排。许校长悻悻地离开后,小袁感叹了一阵,后来工作一忙,也就渐渐把这事儿给忘了,真没想到,这么快就出事了……

一个小时后,小袁把车开到了许家坳。一下车,他就愣住了:校舍已经成了一片废墟!可奇怪的是,围观的人都神情轻松,不像是出人命的样子。

一见小袁来了,分管教育的吴乡长赶紧迎上来,握住他的手说:"袁记者的消息好快啊,这房子本来准备最近就拆除的,不料这么快就倒塌了。还好今天是星期天,没造成人员伤亡……"

旁边的人也道:"是啊,是啊,后果不算严重,学期快结束了,影响不太大,万幸哪!"

小袁和吴乡长打过几次交道,熟了,所以这会儿见了也不需要什么客套,不过听他们说没有伤亡,就着急了,赶紧说:"不对,我接到电话,说出了人命,你们不知道?"

吴乡长听了这话脸色就变了:"谁? 谁说出人命了?"

小袁说:"听声音,好像是许校长。"

吴乡长立刻朝四周大声喊:"许校长到了吗? 老许! 许青石!"

喊了半天也没人应声,吴乡长火了:"出了事就躲着不出来,什么态度!"

听说出了人命,那不就是说屋下有人被压着了? 大伙神情立刻紧张起来。从现场看,四个教室的门都上了锁,只有中间那个教室门开着,如果压了人,应该就在那个教室里。果然,天擦黑的时候,在那间教室的大梁边,挖出了一个人。令所有人都目瞪口呆的是:那人竟就是许校长!

许校长死了,现场的气氛立刻凝重起来。砸死了人,责任升了级,那帮乡领导们的脸也变了色。吴乡长铁青着脸质问道:"怎么回事? 大星期天的,你们许校长干吗往教室里跑?"

有人推测说:"许校长有个习惯,每天清早、中午和下晚都要把教室检查一遍,看看有没有险情。他家离学校远,星期天一般不来,可能最近天气不好,他担心出事,所以来查看。幸亏今天下午屋子倒了,要是明天上课时出事,后果真不堪设想啊!"

这么说,许校长是在检查危房时死亡的? 吴乡长心事重重地阴沉着脸,一声不吭。

小袁觉得这个解释挺合情理,可让他疑惑不解的是:如果是这样的话,打电话提供线索的就应该另有其人,可那声音听起来的确是许校长,这又怎么解释呢?

小袁困惑地拿出手机,调出当时的那个电话号码,其他老师证实,这个号码正是许家坳小学办公室的,而且为了控制电话费,这部可以打长途的电话平时是锁着的,钥匙只有许校长有。

小袁想了想,又问学校里有没有人说话声音和许校长很像? 大家都肯定地说没有,许校长有严重的咽喉炎和鼻炎,说话声音很特别。

小袁再查了来电时间,不动声色地问道:"这教室是什么时候倒塌的?"

"四点十分!"在场的一个老师很肯定地说,"我家就在学校边上,四点十分电视剧刚刚开始播,我就听见'轰'的一声响,不会错的。"

这下小袁可吃惊了,他手机上显示的来电时间是三点五十分! 这怎么可能? 许校长难道提前二十分钟就预感房子要倒塌,并且还自己进教室去送死?

　　这天天上正下着雪，并且越下越大，闻讯赶来的老师和附近的村民们群情激动，纷纷要向吴乡长讨说法，吴乡长极力劝说，不希望把事态搞大。

　　僵持到最后，大家都把眼光投向小袁。小袁知道自己这时候一定不能冲动，于是大声说："乡亲们，请你们相信政府，一定会妥善处理好一切问题，尽快重建校园的！我也表个态，你们小学的事，我一定会跟踪报道，直到所有的问题全部解决为止。大家冷静一下，早点让许校长入土为安吧！"

　　大伙儿情绪渐渐平静下来，几个村民大声叫道："好！就听袁记者的！不过再有十几天就要过年了，这事儿年前一定得有个说法，不然大家都过不好年！"

　　人群渐渐散去，吴乡长开始组织善后处理工作。在回省城的路上，小袁心里有说不出的沉重和茫然，他决心要把事实真相弄清楚。

　　隔了一天，小袁打算再去许家坳进一步了解情况，正要出发，传达室给他送来一封信。拆开一看，他的心像是被撕碎了一般，泪水潸然而下。

　　这信是许校长写的，全文如下：

　　袁记者：

　　　　你好！你收到这封信的时候，我已经不在人世了。

　　　　你是个正直、敬业、有良知的好记者，为我们学校已经尽了全力，我很感激你！我知道，你们记者写文章要用事实说话，可是，我请求你为我暂时隐瞒一个真相——我并不是因公死亡，学校的房子是我故意弄倒的。

　　　　因为很多时候，只有等悲剧发生了，问题才能迅速得以解决。可是我们学校有两百多个学生，一旦出事，代价太大了！我天天胆战心惊，夜里做噩梦，梦见上课时房子突然塌下来,娃子们都被压在下面,醒来后冷汗一身。

刚才,我听天气预报说,明天有暴风雪,而且会连续好几天,我怕这场风雪会给娃子们带来灭顶之灾,所以就自己导演了这场悲剧。我知道,只要撞倒那根支撑大梁的柱子,教室就一定会倒;只有彻底让它倒了,新教室才能赶快建起来。

前不久我被查出患了肺癌,反正是死,死不足惜,可如果不能让娃子们彻底脱离危险,我死不瞑目。现在,我也算死得其所、死而无憾了。

那个提供线索的电话是我打的。我病得很重,已经没了力气,估计打过电话后,自己要撞倒那根柱子,得花一点时间,这里的漏洞,相信细心的你一定会发现。所以,我特地写下这封信,让你释怀。

马上就要过年了,各级领导都怕出乱子,这正是解决问题的好时机,希望修建新校舍的款子,过年前能到位。一旦到位,请你立刻公开真相,领导有领导的难处,我不能拖累他们,更不想让他们为这样的事故担责任,拜托你了。

许青石 绝笔

读完这封信,小袁心如刀绞,他做了这么长时间的记者,也算"资深"了,见过的事儿不算少,可这一刻,他却震撼不已。

当他又一次赶到许家坳小学时,现场已经清理干净,吴乡长正在现场办公,他对小袁说:"乡里已经把修建新校舍的款拨给学校了,天一放晴马上就开工;许校长是因公殉职,该给的补偿乡里都会给的;县里已经给我处分了……"

想起许校长的嘱托,小袁觉得现在这个时候应该把事情真相公布出来了,于是他声音颤抖着说:"吴乡长,事故的真正原因……"

吴乡长突然打断了他的话，哽咽着说："袁记者，明天要安葬许校长了，大家都想请你来参加葬礼，行吗？"

小袁点点头，他正想继续开口，没想吴乡长对他道出的一番话，让他目瞪口呆："袁记者，有些话你能不说吗？其实后来在清理现场的时候，我们已经看出了破绽。许校长身边有一把大锤，那根腐烂的支柱上，留下了明显的锤击痕迹……我觉得现在这样处理挺好，许校长的确是英雄，发生现在这样的事，的确是我的责任，我惭愧啊！"

望着吴乡长恳切的面容，这一刻，小袁觉得这个事件已经不需要再报道了，就让一切静悄悄地过去吧！

（袁　翼）

（题图：安玉民）

人 生 众 相

一个人是一捆关系，一团根蒂，而他开出来的花，结出来的果实，就是这世界。

牵着狗儿上大街

　　家住琼素街的张太太最头痛的事就是到商场买东西,为买一件小商品东挑西拣大半天,还要红着脸讨价还价,最后在售货小姐鄙夷的目光中寒碜而归。这也是没法子的事,谁让自己的丈夫在家闲着,只拿个"最低生活费"呢!

　　这天,张太太的小姐妹刘太太来了,她手里牵着一条鬈毛儿小白狗。两人坐下后聊天,张太太向刘太太诉苦,刘太太听完哈哈大笑:"这算什么,牵着我这条狗去试试。"

　　在刘太太的再三劝说下,张太太半信半疑地牵着狗到了大街上,她刚走进一家商场,就发现柜台小姐的目光中含有一种讨好的敬意,但由于囊中羞涩,张太太仍有种说不出的自卑。

　　张太太走到一个柜台前,旁边的小姐一个鞠躬把张太太着实吓了一跳:"尊敬的太太,您想要点什么?"张太太低低地说了声"随便看看",这位小姐便开始不停地向她介绍各种各样的商品。张太太本没打算买什么,被她这么一说,觉得不买实在不好意思,就随手拿了一块香皂:"多少钱?""三块,这香皂挺好用的。"

张太太又忍不住开始讲价钱了,奇怪的是,那小姐始终微笑着,并且给了张太太从未得到过的低价。张太太不觉挺直了腰板,大大方方地揣起香皂,转身离去。这时,身后传来一阵议论:"看看人家,虽然有钱,但还这么会过日子!"听到这里,张太太的心里感到一阵前所未有的舒畅。

这次,张太太切身感受到了狗的"魅力",回家后就缠着刘太太也给自己弄条狗养,刘太太便慷慨地把这条鬈毛狗送给了她。从此,张太太只要上街,就带着这条可爱的鬈毛小白狗,在人们敬畏的目光下,张太太也确实感到"牛"了不少,不知不觉地就以为自己是个"富婆"了。

一天,张太太乘公交车回娘家,路上车突然颠了起来,小白狗惊叫着满车厢乱窜。张太太也发了急,从座位上弹跳起来,一边呼唤着"宝贝"一边撵上去,小白狗窜得更厉害了,突然从车窗里蹦了出去。

张太太连忙叫司机停车,下车一看,小白狗走起路来一瘸一瘸的,不再像先前一般利索。张太太顾不得回娘家了,抱起小白狗匆匆向一家个体兽医门诊部跑去。

门诊部里,一个络腮胡子兽医正在打牌,见张太太跑来,他便恭恭敬敬地迎了上去:"太太,怕是小狗病了吧,来,进屋吧,我给看看。"

张太太焦急地说:"可不,从车上掉下来,摔伤了腿呢!"

"太可惜了,这样的好狗没有二三万块钱哪里拿得下来!"

络腮胡子显出很懂行的样子,他见张太太将信将疑的神情,便说:"您放心,我要用最好的药来把它治好!"说着,他便给小狗动起了手术。张太太在一旁看着,有点不放心:"你可千万要好好治呀,花多少钱都无所谓。"

"看您说的,不相信是不?许多像您这样的阔太太来给狗治病,我都是拿出看家本领的,但有一点,您钱多是您的,我这里绝对是合理收费!"张太太一听,悬着的心才放了下来。

包扎好伤口,络腮胡子医生又拿出几瓶包装得十分精美的药水:"这全是进口药,您回家后,一天给它上三次药水,用完药后就全好了!"

"那就谢谢你啦,多少钱?"

络腮胡子笑笑说:"还说什么钱呢,我就指望着您这样的阔太太帮衬着把药卖出去就行了。这样吧,治疗费我只收您一百二十元,这药水呢,就给您个进价吧,一瓶三百元,三瓶九百元,加在一起收您一千元得了。我也知道,这点钱对您根本不算什么,不过是帮您花花零钱罢了!"

张太太一听,嘴巴一下子张大了:天哪,一千元?这是自己近三个月的工资啊,这不是要我的命吗?张太太回过神来,用力按捺住狂跳不已的心,讪笑着说:"可我身上没带钱呀……"

"那没关系,写个欠条,把您的身份证放在这里,过会儿送来就成。"

张太太回家悄悄取出仅有的九百元钱,又向邻居借了一百元,还上钱后回家放声大哭,越看这条狗越不顺眼,决意送回刘太太那儿。

见到刘太太,张太太忍不住一五一十地向她诉说了一遍。刘太太听完,嘴巴张得大大的,过了半晌才说:"这条小狗是我花一百元钱买的。"

(王卫涛)

(题图:杨宏富)

大家来算账

　　如果有一天你来到这个城市,又坐了一趟公交车,没准儿在车上就能听到这样一个笑话。说是有一回,一个三十来岁的中年人上了公交车,售票员叫他买票,中年人说没有钱,钱都打麻将输完了。售票员说:"那怎么行? 你是个成年人,应该买票的。"中年人只好又在兜里来回地摸,摸着摸着他笑了,说:"我还真有张大票儿,就怕你找不开。"售票员说:"我这里都是一把一把的零钱,能找开。"中年人说:"那咱们打个赌,如果你找不开,我就不买票了。"售票员说:"行,难道你还有百万英镑不成?"中年人说:"那倒没那么大,你看——"只见他手掌往售票员脸前一伸,掌心里赫然放着一枚"九万"的麻将子!

　　知道这个中年人是谁吗? 他呀,叫大宝,本来是个干烟酒批发的,赚了不少钱,可是自从迷上麻将后就啥也不干了。妻子阿英见他无可救药,一气之下在去年和他离了婚。大宝是自由了,儿子小乐可就苦啦!小乐十五岁了,上初三,可大宝从来没关心过他的生活和学习,就知道甩给他几个钱,再扔下一句话:"钱不缺你的,考不上重点我非用麻将子噎死你不可!"说完这句话就一门心思打他的麻将,有时候在外边打,更多的时候是在家里打,大宝家里环境宽松嘛。小乐不止一次对大宝说过打麻将太吵,影响他学习,但大宝充耳不闻,有时候甚至一脚就把小乐给踹一边去了,弄得小乐整天战战兢兢,学习成绩一落千丈。

　　眼看着就要中考了,大宝本想过问一下小乐的学习,无奈这一段时间他输得太惨,一心想着往回捞钱,哪里还顾得上小乐。

　　不久,中考成绩出来了,小乐勉强考上一所普通高中,大宝可恼了。这一天,等几个赌友一走,大宝桌子一拍就训开小乐了:"说,咋回事,平时不缺你穿、不缺你花,为啥就考个普通高中?"

　　小乐眼泪汪汪地说:"爸,我已经尽力了。"他定了定神,"爸,我想先给你说一件事儿。"

　　"不行,我不听,先回答我,为啥不好好学习?你考这成绩,能对得起我平时给你的那些钱吗?"

　　小乐满脸痛苦:"爸,你不要老是提钱⋯⋯⋯"

　　"不提钱提啥?"大宝打开一个抽屉,从里边拿出一个本子,"告诉你,你老爸精明得很,我给你的每一笔钱都记着账呢!"

　　小乐惊讶地望着大宝。

　　大宝得意洋洋地说:"不相信吗?那我给你念念,去年的就不算了,你听听——1月1日,二十元;1月3日,二十元;1月5日,十元⋯⋯这些小账我就不细算了。到临近中考的时候,我给你的钱更多了:5月11日,五十元;5月15日,二十元⋯⋯还有这一笔钱,是6月4日给你的,一下就是100元!小乐,我实话跟你说吧,我早算好了,从1月到6月,我一共给了你三千六百多元钱,这账也不是说叫你还的,我只是怕将来你妈过来说我虐待你才留的后手。不过你也该明白,我并不是不关心你,我给了你足够的钱让你花,可是你为啥考不上'重点'呢?你把钱都花到哪里去了?你是不是学坏了?快说!"

小乐的眼泪一下子流了出来:"爸,我没有乱花钱,更没有学坏,我在学习上真的已经尽力了。可是,你想过没有,你天天打麻将,影响我学习呀!"

"放屁!谁天天打麻将?"大宝暴跳如雷,"我打过几回麻将,你说,你说呀!"

小乐咬了一下嘴唇,说:"好吧,爸,我也去拿我的账本!"

"什么?你的账本?"大宝又惊又怒,眉毛都竖起来了,"你小子也记着账啦?"

小乐扭身进了里屋,还关上了房门。大宝听见小乐开锁的声音,接着又听见小乐在低声打电话,隐隐约约听见一句"胜利路 43 号"。

小乐刚从里屋出来,大宝就凶巴巴地问:"刚才给谁打电话?把咱家的地址告诉谁了?"

"给我的私……"小乐吞吞吐吐,要想说又止住了口。

"给你四姨吗?她再厉害也没用,我和你妈现在离婚了,她要是再敢来闹,看我不告她私闯民宅!好啦,小子,读读你的账本吧,我看你小子能翻出多大的花样儿!"

小乐一反常态,神情非常镇定:"爸,我可要念了,我也光念今年的账目:1 月 1 日下午,爸爸又在家里打麻将,从上午一直打到夜里二点。我睡不着,明天还要上课,只好去求爸爸,他看也不看我,顺手甩给我二十块钱,就把我轰走了……"

大宝听着,脸色很难看。

小乐继续念:"5 月 2 日,今天爸爸又打了一夜麻将,离中考越来越近了,可我因为休息不好,头整天'轰轰'响,干脆明天去买一瓶安眠药,起码能睡个好觉;6月4日,今天爸爸打麻将赢了钱,他一下子就给了我一百块,可钱再多有什么用? 6月10日,今天模拟考试结束了,真累,刚到家,爸爸就把我拽到麻将桌前,说一个人有急事走了,三缺一,救场如救火,叫我顶……"

"别念了!"大宝一把夺过小乐的本子,"你小子竟敢记我的黑账!"

"爸,我早给你统计好了,从今年1月到6月这一百多天里,你只有七天没打麻将!"

"那你刚才不是说我天天都在打麻将吗?"

"爸,你忘了,那七天没打,是因为你聚众赌博,叫公安局给拘留了!"

"你……你……"大宝气得直咬牙,忽然又笑了,"你小子算计老子,那好,我非好好给你算算账不可!"大宝起身在抽屉里摸出了一个计算器……

"爸,你这是干什么?"小乐大惑不解。

"干什么? 我看你小子的账目记得也挺细的,你细我也细,我要看看我给的钱你到底都花到哪里去了!"

"这……"小乐一愣,神情有些慌乱,但很快就镇定了。

大宝开始对着小乐的日记本算账,算了十几分钟,大宝一拍大腿叫了起来:"小乐,今年上半年我总共给了你三千六百多块,可是按你记的才花了二千一,好,就算你花了二千六,那一千多你弄到哪里去了? 说!"

小乐的眼泪夺眶而出:"我……我过生日花完了……"

"什么? 你的生日?"大宝一怔:自己把儿子的生日给忘了。

"昨天,就是昨天! 妈妈离得远,你又光顾打麻将,根本没有人记着我、疼着我,我只好用攒的钱给自己买了一份礼物。"

"什么礼物,要花掉一千多?"大宝暴跳如雷,一个耳光扇到了小乐的脸上，"这足够老子打两天麻将的！"

小乐捂着脸，泪珠子直淌，说："爸，我恨你，你会后悔的！"

"叫你恨我！"大宝一把抓住小乐的衣领子，扬手刚要再打，门忽然开了，传来一声断喝："住手！"

大宝一抬头，进来了一位文质彬彬的青年人，手里挟着一个公文包。小乐一见来人，哭得更厉害了。

大宝瞪着来人，不客气地问："你是哪路神仙？我打我儿子，关你屁事儿！"

"我是本市天正律师事务所的律师，姓周，刚才我接到小乐同学打来的求助电话，他告诉我，他家里将有侵犯他个人权益的事情发生，我就赶来了。"

"律师？小乐，这是怎么回事？"大宝的声音软了下来。

这时，小乐停止了哭泣，脸色渐渐平静下来，说话也显得沉着多了："爸爸，我在家里经常受到你们打麻将带来的干扰，还受到你的打骂，我很为我的未来担心，所以，就在昨天——我生日的这天，我用一千块钱聘请周律师做了我的常年法律顾问，我要用法律来维护我一个未成年人的合法权益……现在我才明白了，要是我能早一天聘请法律顾问就好了。"

周律师对大宝义正词严地说："据小乐同学反映，作为他的父亲，你的行为已经违反了未成年人保护法。我作为小乐的法律顾问，有权对这一事件进行调查。"

"小乐，小乐……你看……"大宝头上直冒虚汗，开始向小乐求救。

小乐擦了一下眼泪，说："爸爸，有什么事，请直接对我的私人律师讲吧。"

"啊？"大宝一时间懵住了……

（许铭君）

（题图：魏忠善）

十二级半台阶

　　有个人叫胡一民。这一年,他所在的局领导班子调整,一名正局、四名副局,一共五个位子,竞岗的人要经过三轮考试,合格后才能任职。第一轮考民意测验,这是基础;第二轮考业务知识,这是重中之重;第三轮面试,上级领导当面提问题考察。

　　胡一民和其他九个竞聘者过五关、斩六将,现在只剩最后一轮面试了。

　　面试这天,这十个人准时来到考场。上级派来的主考官大声宣布:"最后一轮面试,只有一个问题,你们当中谁能回答出来并获得高分,谁就能最后脱颖而出。"

　　十个人个个翘首以望,盼着主考官快点出题。

　　主考官扫了他们一眼，微笑着说："我的问题是：请问，这个局机关大楼，从一到二楼的台阶，一共是多少级？请回答。"

　　考场内鸦雀无声，十个面试者你看看我、我看看你，大眼瞪小眼，谁也开不了口。

　　主考官沉吟了一会儿，说："这个问题看似轻松，其实沉重；看似简单，其实复杂；看似刁钻古怪，其实非常朴实。你们这十个人，在这个局机关工作都在十年以上，连这个简单的问题都回答不出，说明你们太粗心了。一个人如果不细心，怎么能看出工作中的细微问题？如果发现不了问题，又怎么能解决问题？不解决问题，你的工作能做好吗？做不好工作，你还怎么能当好一个局长？"

　　主考官这么一说，参加面试的十个人中就有要开口的了。有人回答说是"八级"；有人回答说是"十级"；还有人回答说是"九级"。当这些答案都被主考官一一否定了之后，考场上顿时静默一片。

　　有人说："主考官，你这个问题看来只有局里天天打扫卫生的清洁工才能回答，我们这些人天天考虑工作，哪有心思放在楼梯台阶上？"

　　主考官笑着说："那好，咱们就请清洁工来回答。"

　　工作人员叫来了清洁工，可谁知那清洁工听主考官把问题一说，立即面红耳赤道："我……说实话，我虽然天天在扫楼道，可……可还真说不上来这楼里的台阶到底有多少级……"

　　主考官拍拍清洁工的肩膀，对十个竞聘者说："清洁工回答不上这个问题没关系，因为这并不影响她的工作，但是你们如果回答不上来，这就不行了！现在我再最后问一遍，你们当中有没有能回答这个问题的？如果没有，今天的面试就到此为止。"

　　主考官这话刚落音，胡一民站了起来，他说："我能回答，从一楼到二楼的台阶一共是十二级半。"

　　怎么会是十二级半呢？大家都不相信，这半截台阶是从哪里冒出来的呀？主考官马上派人去验证，果真分毫不差，的确有个外观看起来不太明显的半截台阶！

　　主考官问胡一民是怎么记住这个台阶数字的。胡一民说，有一年大年三十，大家都回家过年了，他见清洁工还在楼梯上忙活，就让她回家，他帮着把楼梯打扫完，就是那天，他发现一到二楼的台阶是十二级半。

　　这样看来，局长的位子一定非胡一民莫属了！可不料到正式宣布的时候，最后的胜出者竟不是胡一民，而且还传出消息，说那个来主持面试的主考官已经被双规了。

　　胡一民顿时沮丧不已，差点瘫倒在地。原来，为了这次考试，他给主考官送去十二万元，主考官才帮他想出了这么个怪题；就连那个清洁工，胡一民还给了她五千，她才帮他在考场上演戏。唉，十二级半台阶，一个台阶一万元呀！

（王宝伦）

（题图：安玉民）

神奇的白色狍皮

　　这天早晨,建设局办公室主任菊双刚才上班,副主任高胖子就跟了进来。菊双刚见高胖子满眼是笑,心里不免一动:莫非这老家伙又打探到什么宝贝了? 自己前年春天买的那只足有脸盆大的绿毛老鳖,去年秋天买的那棵酷似人身的柱参,都是高胖子帮他打探到并想方设法用半价买到手的。

　　菊双刚迫不及待地问:"老高,你又有什么好消息了?"

　　高胖子压着嗓子,凑近他耳朵说:"告诉你,这回宝贝可比前两次灵多了!"

　　菊双刚一听,心都快要跳出来了:"别卖关子啦,是什么宝贝?"

　　高胖子一字一顿说:"是一张狍皮,白颜色的!"

菊双刚一怔："狍皮？白颜色的？这有什么讲究？"

高胖子"扑哧"一笑："十年黄，百年白，狍子要长到百年才能变成白色。你没听老辈人说过？百年狍子，那就成精了！"

菊双刚愣是不明白："成精就值钱吗？"

高胖子瞪他一眼："你是真不知还是假不知？成精的狍皮就称得上是宝了。咱这旮旯不是有句话嘛：千宝万宝不如白狍皮好。你晚上垫着白狍皮睡觉，不但能防潮隔凉，若是来了野兽或是陌生人，它的皮毛就会竖起来，把你扎醒！"

菊双刚被高胖子说得迷迷糊糊的："你不是在说天方夜谭吧？"

高胖子拍拍他肩膀说："信不信由你。当年咱这旮旯有个土匪头子叫姚大脑袋，解放军起初抓了他五六次愣是没抓着。为什么？就因为他手里有这东西！"

高胖子在局里向来以见多识广出名，菊双刚见他说得这么有板有眼，不得不信。

正好，局里领导班子要调整了，菊双刚很想弄个副局长当当。他脑子一转，便朝高胖子招招手，说："老高，你今天总不会是白白来给我送消息的吧？既然是这么回事儿，那就拜托你去帮我搞定啦！"菊双刚只把话说了一半，自个儿心里的那点小算盘，自然是不能向高胖子和盘托出的。

谁知菊双刚话音刚落，高胖子就哈哈大笑起来："我就猜着你要这东西。放心吧，我已经帮你搞定啦！东西你先拿着，人家要知道是给你菊主任搞的，也不会急着要钱。"

被高胖子这么一说，菊双刚倒有点不好意思起来："这……"

高胖子倒是显得非常爽快："你忙你的，我回头就把这东西送你家里去，单位里可是不能露眼呦！"说罢，转身就走了。

菊双刚原本是银行里的一名普通职员，也该他走官运，他的一个冯姓朋友的父亲四年前从外县调来当副县长，于是菊双刚就有了巴结的机会,一来二去熟了,大前年他就被冯副县长从银行调到县政府当秘书,一年后又被调到这个被县里人称作"流肥油"的建设局当办公室主任。当然,这调动也不会是白调的,高胖子帮菊双刚搞来的绿毛老鳖和人身柱参,最后都悄悄地被他送到冯副县长家里落了脚。

这回,这张白狍皮菊双刚自然也是要往冯副县长家里送的。不过不巧的是,菊双刚去送礼的时候,偏偏冯副县长不在家。冯夫人见菊双刚捧着礼品一副小心翼翼的样子,笑着问:"小菊,你又给老冯捣弄什么东西来了?"

菊双刚便把高胖子的话学说了一遍。

冯夫人也是第一次听说有这么神奇的东西,都听出了神,半天没眨一下眼睛。她高兴地对菊双刚说:"小菊,这么贵重的东西你都给老冯送来了,你这个人真是重义气。我知道,你们建设局现在在调整领导班子,我头一回替老冯做主,保准给你留个位子,你回去等调令就是了。"

菊双刚没料到今天送礼竟然送得这么有效果,心里不禁乐开了花,他心想:这个高胖子,真是帮了我一个大忙,哪天我坐上局领导的交椅,主任的位子就让他来坐。

从冯副县长家出来后,菊双刚就天天盼着升官的调令能早点下来,可等了一个星期又一个星期,什么动静也没有。

菊双刚忍不住了,这天晚上说是路过来看看领导,又踏进了冯副县长的家门。

可令他大感不解的是,冯夫人一见菊双刚就恼怒地冲着他说:"姓菊的,你也太缺德了,你今天竟然还有脸登我们冯家的门?""砰"一边说一边就让保姆狠狠地将门关上,把个菊双刚关在了门外。

菊双刚愣住了,又惊讶又着急:这到底是怎么回事啊?难道高胖子弄来的狍皮是假货?他连夜去找高胖子想问个清楚,可找来找去就是找不到高胖子的人影,打手机手机也关了。

老婆见他六神无主的样子,赶紧找人打探消息。

老婆一个远房表姐的同学的老舅的侄子的表弟的父亲,正好是这个冯副县长的秘书,传出话来说:"这个菊主任呀,送什么不好,偏要去送白狍皮?冯副县长是辽东人,他们那儿过去蹲监狱的都睡地上,所以谁蹲监狱谁家就给送一张狍皮去,狍皮隔潮隔凉呗!他们那儿什么东西都可以送,就是不能送白狍皮!"

菊双刚傻眼了,这个结局他万万没有想到。

让他更没有想到的是,就在第二天,他盼望已久的调令下来了。不过调离升职的不是他,而是高胖子。并且,还有更令人震惊的消息,说是由于高胖子的举报,冯副县长被双规了……

(白　琅)

(**题图**:魏忠善)

夺命的垄断

　　交通局陈局长的老婆有一个远房舅舅,久居海外,最近要回来探亲。

　　这位舅舅很有些来头,年轻时匹马单枪出去闯荡,风风雨雨几十年,如今已经是拥有数千万资产的大老板了。陈局长早就想把自己的宝贝儿子送出去读书,可是辛辛苦苦干了半辈子,手头也没有存下多少积蓄,根本无力应付那令人瞠目的高额费用,如果能靠上这棵大树,事情当然就要好办得多。所以,他打算这次好好和舅舅增强增强感情。

　　陈局长拐弯抹角地终于打听到舅舅这几年特别喜欢吃鸟肉,就立刻"闻风而动",让人设法买来一支进口的双筒猎枪。猎枪到手后,他就开上他的"蓝鸟"车,在城区几条林阴大道上转啊转,可是望着树上那些小鸟飞起飞落,他又不敢放枪。毕竟是在众目睽睽之下,连幼儿园的孩子都知道"鸟儿是人类的朋友",如果因为这一枪把自己的乌纱帽打掉,那就太划不来了。

可是眼看舅舅就要到了,怎么办?

这天晚上,陈局长正和老婆嘀咕着,老婆点着他的额头说:"笨蛋,为什么不上绿林山去?"陈局长的老婆是一家饭店的经理,她鼓动陈局长说,"我们饭店的野味,全是那些'混混'从绿林山上打来卖给我们的呢!"

陈局长一听,拍着脑袋直叫:"啊呀呀,我怎么就没想到去那儿呢?居然把自己的'优势'都给忘了!"绿林山在紧傍城区的运河西面二十多公里地方,山上树木繁茂,野花遍地,正是鸟儿们栖息的好地方。去绿林山的唯一通道,就是运河上一座六米多宽的钢骨水泥桥,去年刚竣工交付使用,正是在陈局长管辖范围之内。

于是第二天,桥头上就突然竖起了一块赫然醒目的告示牌:桥面维修,禁止通行!那些兴致勃勃开车想上绿林山打鸟的混混,看见告示牌不得不骂骂咧咧地"拨马而回",而陈局长呢,却趾高气扬地开着蓝鸟冲过桥去,那个执勤的见是陈局长,当然客客气气放行。

陈局长将蓝鸟开上绿林山后,在半道上将车停了下来。他跳下车,走进林子一看,乐得哈哈大笑:这儿果然是鸟的天堂!嘿嘿,"禁止通行"的广告牌一竖,这儿就是我的天下,别说放枪,就是开迫击炮,山下的人还以为是开山炸石呢!陈局长想到这儿,随便就朝树顶上打了两枪,只听"扑索索"一声响,两只灰喜鹊眨眼就中枪掉了下来。陈局长兴奋得脑门发亮,举起枪又打,又掉下两只云雀;再打,又一只松鸦掉在了地上。

惊呆了的鸟儿这才知道大祸临头,就听"刷拉拉"一阵响,霎时东逃西散,飞得无影无踪。陈局长哪肯罢休,拔腿就往林子深处追去,他磕磕绊绊转了大半天,累得一身汗,终于在一个树杈上发现了两只斑鸠。这回他举起猎枪三点成一线瞄了好一会儿,"砰"放了一枪,没打准,可那两只斑鸠竟也不飞走,"咕咕"叫着绕着树顶转了一圈儿,又落回了原处。

好胆大的斑鸠,怎么不跑? 陈局长眨眨眼睛,仔细一看,原来那里架着一个鸟窝,隐隐约约还能听到小斑鸠"吱吱"的啼叫声。它们的孩子还在窝里呢,难怪不跑! 陈局长于是往前挪了两步,定定神,瞄准其中一只斑鸠的翅膀"啪"开了一枪,这回打中了,那斑鸠只悲啼了一声就从树上掉下来。不过陈局长要再打另一只,却没了影儿。

陈局长擦了把汗水,抬腕看表,已将近中午。看看上山半天不到,就猎获了两只灰喜鹊、两只云雀、一只松鸦、一只斑鸠,他心里很得意,便走出林子,开着蓝鸟出了山。

不一会儿,蓝鸟就又驶上了那座六米多宽的钢骨水泥桥。陈局长手握着方向盘,心里有说不出的得意,他决定舅舅回来之后自己天天来这儿打鸟,一定要让舅舅吃个痛快,吃出和自己的感情来。

陈局长心里越想越美,嘴上就不由唱了起来:"我俩的情,我俩的爱,在纤绳上荡悠悠,荡悠悠……"哪知一句拖腔还没到头儿,只听"哗啦"一声,他觉得自己的身子也忽然"荡悠悠"了一下。他脑子里"嗡"的一响,脸顿时吓得刷白,原来他的蓝鸟已经偏离车道,撞断栏杆,冲出了桥面……

到底是当局长的,关键时刻他没有彻底慌乱,立刻狠狠一脚踏下,死死踩住了刹车。蓝鸟也不愧是进口的高级轿车,车身已经冲出桥面一半,却没有坠落,犹如电影里的定格:小车横空逸出,两只轮胎悬空! 如此险像看来只有力学家才能解释清楚。

此时,也只有陈局长才能感到车身的微微颤动了。他吓得大气也不敢出,更不敢高声呼救,唯恐自己体重的微小变化或者是声波的震动,都会破坏车体的平衡,使他的蓝鸟从三十多米高的桥上跌下去。他就这样满身大汗、心急火燎地等待着,车里的空气都仿佛凝固了,静得能够听见脉搏的跳动……

这时候,一阵"沙沙沙"的脚步声夹杂着人们的呼叫声,从远处传来,一定是桥上的执勤人员发现了这里的紧急情况,带人赶来救援了。陈局长鼻子一酸,两行热泪夺眶而出。

然而就在此时,他身后猛地"扑棱扑棱"一阵响,显然,是他放在后排座上袋子里那只受伤的斑鸠在挣扎,还拼命"咕咕咕"地叫着。陈局长的心揪紧了:老天哪,你千万不要乱动啊!他真后悔,都怪自己一心要活的,刚才没在林子里给它补上一枪。

就在这时,陈局长突然听到车头顶上也传来一阵"咕咕咕"的叫声。莫非是刚才没了踪影的那只斑鸠追来了?没错,它们应该是一对配偶啊!陈局长立刻本能地预感到不妙:我怎么这么糊涂,明明是一对,竟只打下其中的一只?他脑袋猛地胀大起来,心里不住地祈祷说:"天啊,求求你,这个时候你可千万别碰我的车!别下来啊!"

可偏偏就在此时,那只追来的斑鸠从半空中飞落下来,随着它的爪子在车头顶上轻轻一点,蓝鸟顿时失去了平衡,"轰隆"一声一头栽进了河里……

（杨清江）

（题图:安玉民）

今晚有泥石流

　　李四方是县里派到黄石村去扶贫的干部,说实话他是不愿去那穷地方的,四面都是山不说,山上还寸草不生,他能想到的扶贫项目,都跟那里的不毛之地靠不上边。可偏偏村长马大棒是个暴躁脾气,见李四方下来半年了也没出什么成绩,就成天拿脸色给他看。而李四方呢,眼见回城述职的日子就要到了,心里更是急得不行。

　　这天傍晚,天阴沉沉的,眼看就要下大雨了,李四方早早地就准备上床。这时,门被敲得"咚咚"响,来找他的是马大棒。

　　李四方有点怵他,这家伙脾气上来,不管是谁,张口就骂。李四方小心翼翼地问:"马村长,有事?"

　　马大棒很着急地说:"快,马上收拾东西,跟我走!"

"走？上哪去?"李四方觉得很奇怪。

马大棒眼一瞪:"别问那么多,快!"

李四方只好把随身几件物品收拾收拾,跟他出了门。这才发现全村的人都出来了,扶老携幼,有扛着米袋的,有赶着猪羊的……

李四方大吃一惊:"马村长,这是去哪?"

马大棒说:"要来泥石流了,赶紧跟我走!"

"泥石流?"李四方来黄石村这么久,还没见过泥石流,不过他在电视上看到过,这东西可不是闹着玩儿的!他心里顿时就紧张起来,赶紧跟着马大棒朝山上走。

不过,黄石村的人似乎早有这准备,山上就有现成搭就的简易帐篷,他们上山后就坐在帐篷里,等着泥石流来。李四方紧张地问马大棒:"马村长,这里每年都来泥石流吗?"

马大棒点点头,露出一脸的无奈。

李四方明白了:难怪这里穷,原来年年这么折腾啊!他不由嘟哝了一句:"就没个办法治住它?"

马大棒瞥了他一眼:"要有办法,还不早治了?"

李四方愣了愣,没话说了。

不一会儿,天上就下起雨来,越下越大,简易帐篷渐渐挡不住了,帐篷里的人衣服都被淋了个透湿,风吹进来,身上出奇的冷。天快放亮的时候,雨才停,泥石流并没有来,于是大伙儿就陆陆续续回了村。李四方跟在大伙儿后面,只觉得头轻脚重,可能是感冒了,回村进屋之后往床上一倒,就什么也不知道了。

不知道过了多久,突然"咚"一声巨响,吓得他猛地惊醒过来,一骨碌从床上跳起来,一看,原来是马大棒踹门进来,朝他大吼道:"怎么回事,叫也不应,还以为你死了呢!"

李四方一听他这粗声粗气的话心里就不舒服,不客气地说:"你知不知道什么是礼貌?我是县里来的干部,不是你想骂就骂的……"可没等他把话说完,马大棒一招手,上来两个小伙子,夹起他就往外走。李四方挣扎道:"干什么,你们要绑架吗?"

马大棒朝他一瞪眼:"要来泥石流了!"

李四方鼻子一哼:"又是泥石流,你别大惊小怪好不好?"

马大棒不理他,吩咐两个小伙子架起他赶快走,到了山上,就把他甩在了帐篷里。这时候,李四方正头痛得厉害,见没人和自己说话,便迷迷糊糊地在帐篷里睡着了。

不知过了多久,又一阵巨响把李四方惊醒,他睁开眼睛仔细辨听,发现响声是从山下响起来的,"轰隆隆"简直像巨兽在怒吼。看来这回一定是泥石流真的来了,他不禁浑身一哆嗦,打了个寒噤……

天亮后,黄石村的村民们已经看不到自己的家了,一眼望去,到处都是断瓦残垣,有人忍不住"扑通"一声跪在地上,捂着脸失声痛哭。李四方心里也很不好受,他找到马大棒,说:"现在当务之急是要把灾情迅速报告县里,到时候,我一定帮你们多要一点救灾物资。"

马大棒摇摇头,脱口道:"要得再多有什么用,泥石流一来,不是照样毁了吗?"他想了想,又对李四方点点头,说,"不过你说得对,现在手机信号不通,我得赶紧把灾情向上面汇报!通县城的路已经毁了,我翻山过去。"

李四方说:"那我跟你一起去吧!"

"不用了,你留在这儿吧。"马大棒说着,扭头就走。

李四方赶了上去,说:"我来黄石村半年了,虽然没给乡亲们带来什么好处,但总也有感情了吧,我和你一起去,有我在,你们申请救灾物资的事情可能会好办些。"

马大棒听李四方这么说,不由看了他一眼,终于点了点头,带着他出发了。

刚来过泥石流,山上很滑溜,一不小心就会滚下去,幸好有马大棒带着,他们硬是从没有路的地方走出一条路来。走了不知多少时候,李四方回头看,发现他们还只爬过半座山,前面的路还长着呢,他嘴里直喘粗气。

马大棒停下说:"休息一下吧!"

李四方二话没说,一屁股就坐在了泥地上。

马大棒看看他这疲惫不堪的样子,同情地说:"唉,其实也难为你了,这么个穷地方,非要你来扶贫,有什么可扶的啊!"

李四方摇摇头说:"马村长,我看啊,这泥石流其实都是你们自己造成的。你看这山,什么树也没有,大雨一来,不闹泥石流才怪哩!"

这话马大棒可听不进了:"你以为我不明白这个道理?你说说容易,可是这要时间和金钱啊!老百姓最在乎什么,是家!年年家被毁,年年要建家,可刚把家建起来,要去栽树,泥石流又把家给毁了,哪有时间去栽树啊!唉,如果哪一天真要脱去这个穷帽子,叫我粉身碎骨,我也会含笑九泉!"

两个人就这么说一阵、叹一阵,然后又继续上路。

走着走着,李四方突然觉得眼前有什么东西闪过,一看,不远处有块发光的小石头,他正想走过去看看,不想脚一滑,人就直直地向坡下滑去。

"小心!"走在前面的马大棒听到动静忙回转身来想要拉他,没想因为一股冲力,他比李四方还要滑得快。山上无遮无拦,又都是泥水,两个人手忙脚乱地想要抓住什么,却什么也抓不住,一前一后地沿着陡峭的山坡直朝坡下滑去。

底下,是一片犬牙交错的巨石。就在这时,李四方突然感到自己脚底下好像踩住了什么,他一伸手,猛地抓住两块坡岩上突出的岩石角,暂时稳住了身子,可往脚下一看,却惊异地发现自己竟踩在马大棒的脑袋上,而马大棒的两只手都只抓着坡岩上的两团草,嘴里也紧紧地咬着一团草,马大棒全身的重力,加上李四方的重力，其实就落在这三个草团点上，马大棒因为拼着全身的力气，脸上青筋直暴，眼睛鼓得像牛眼一样。

李四方大叫道："马村长，你抓住我的脚，把草放开！"

马大棒赶紧放开一只抓草的手，去抓李四方的脚，但是刹那间，他的手就缩了回去，又去抓那团草。

李四方哭叫道："马村长，没关系，我能撑得住，你赶紧拉住我的脚……"

可他话没说完，马大棒手里抓的和嘴里咬的那三团草，同时被连根拔出，马大棒直直地直朝坡下犬牙交错的巨石上掉了下去。

"马村长！"李四方撕心裂肺地哭喊起来。

不久，李四方带着很多人，带着很多救援物资，回到了黄石村。村里正在为马村长举行隆重的葬礼，李四方恭恭敬敬地把他在山上捡的那块发光的石头放在马大棒坟前，哭着说："马村长，你可以放心去了，咱们黄石村有救了！"

这块石头，李四方找省城专家鉴定过，是天然水晶。这回和他同来的人中，有几个是地质专家，他们说，黄石村这一带有一个含量丰富的水晶矿……

（吴宏庆）

（题图：魏忠善）

岁 月 感 悟

在狭隘的环境中使精神狭隘，人要有更大的标准才能大成。灵魂如果没有确定的目标，它就会丧失自己。

桥的故事

　　那还是在打鬼子那阵,一支八路军队伍经过清水河这里,驮枪驮炮的,他们望着湍急的河面发愁。镇上的白寡妇看到这情景,不声不响地回去叫儿子连夜放倒了自家后院的小竹林,动员乡亲们一起给部队搭桥。队伍过河的时候,白寡妇儿子也跟着走了,只留下了这座桥。

　　从此,白寡妇便在桥头摆了个茶摊,天天守着这座桥,过往的人渴了,就找她讨水喝,日复一日,岁月如梭。直到白寡妇老了,这里再也没有经过队伍,儿子也没回来。后来,白寡妇死了,民政部门来立碑,乡亲们才知道,她的名字叫"河姑"。

　　最近,因为搞纪念活动,县剧团根据河姑的故事编了出戏,剧名就叫《桥》,说好了这天要来镇上演出。乡亲们高兴坏了,纷纷砍了自家的竹子,拓宽了桥,又在河姑的墓碑旁搭起一个土台子,扯了七八丈红布,竖起了横幅。乡亲们聚在桥头,就盼望着演员们快来。

一直到太阳快落山时,只见镇长一个人气呼呼地回来了。乡亲们围上去问:"剧团的人呢?"镇长说:"地区派的'扶贫工作组'来县上了。"乡亲们不解:"这和剧团演戏有啥关系?"镇长说:"领导要陪他们吃饭。吃完饭,女演员要陪领导跳舞……"乡亲们一听,不吱声了。

镇长挥手撵大伙回家去,乡亲们却望着那座刚拓宽了的平展展的桥,站着不动。镇长火了:"难怪县里领导经常批评咱镇的人觉悟低呢,连这点小事都放不下?领导说不演就不演了呗,啥事还能比扶贫这件事大?"乡亲们被唬住了,一个个你瞅瞅我、我瞅瞅你,最后只好扫兴地走了。

可是过了三天,县上又来通知,说是县剧团决定来演出,而且还要实况录像,镇长便在广播喇叭里喊了好几遍,让乡亲们准备迎接。可是乡亲们都各干的事儿,一脸的麻木。

县剧团的人在县里等了大半晌,也没见镇上有人来接,他们以为把时间记错了,便自己带着服装道具、锣鼓家什来到清水河边。走近了,他们才发现,原先那座桥,不知啥时被人拆了。演员们只好打道回府,临离开时,有位眼睛亮的演员发现,在对岸白寡妇的坟头上,不知谁放了一堆野花儿,直晃得人睁不开眼。那演员一叫嚷,霎时,大家的心里都沉甸甸的。

于是,他们回到县里第一件事,就是集体给县领导写了封"鸡毛信",信上只有一句话:"请县领导火速到清水河上搭桥!"

其实讲到这里,故事并没有完,要想知道结果的话,我们不妨可以问问自己身边的领导:你那儿有没有一座被拆掉的桥呢?

(雷国胜)

(**题图**:刘斌昆)

绊脚石与铺路石

　　黎明去蛤蟆乡当党委书记,与前任李书记办交接时,半真半假问了一句:"有什么真经? 给老弟多传一些。"

　　李书记苦笑着说:"我一个遭贬之人,哪有经验可谈? 只提醒你一句,防着那个'独眼龙',他可是一块绊脚石!"

　　由于涉及具体的人,李书记不愿多说,黎明也不便多问。不过黎明早已听说,李书记这次被调回县城降级使用,就是独眼龙使的绊子。

　　黎明到蛤蟆乡上任,第一个遇到的就是正在扫地的独眼龙。独眼龙四十多岁,敦敦实实的车轴汉子,一只假眼自然毫无感情色彩,另一只真眼也是冷冰冰的,好像要看透你五脏六腑似的。

　　独眼龙有名有姓,叫林立,本地人,武警出身,追捕劫匪时坏了一只右眼,转业回来安排当了副乡长。这人疾恶如仇,专盯主要领导的毛病,写举报信从来不匿名,而是工工整整署上自己的大名,还在括号里写上"外号:独眼龙",为的是让上级来人调查时便于找到他。这样的人自然不大受欢迎,陪了两任书记,自己的职务也降了两级,副乡长、党委委员都给撸掉了。前任李书记做得更绝,给独眼龙封了个乡机关卫生办主任,却不派一兵一卒,逼着他自己拿着大扫帚打扫院子。不过独眼龙也把李书记整得够惨,把乡政府多收提留的事情捅到了中央台的"焦点访谈"。虽说中央台最后没有来人,可县委也没给李书记好脸色,正科级降为副科级,政治前途基本上算完了。

了解到这些情况以后,黎明认为独眼龙有些心理变态,这种人千万不要去招惹他,碰面时让支烟,道声辛苦,相安无事最好。

但是,黎明不去招惹独眼龙,独眼龙却给黎明找麻烦来了。

这一天,黎明正在办公室看文件,独眼龙把个五十多岁的瘫子背了进来,朝沙发上一放,指着黎明说:"这是新来的黎书记,有要求只管讲。"

黎明皱了一下眉头,但还是敬出了两支烟:"怎么回事?"

"瘫子"自报家门,说是本乡源潭人,复员伤残军人,自卫反击战中被打断了一条腿,在村头小桥上又摔断了一条腿,这就瘫了……

黎明忙截住了瘫子的话头:"要救济的吧?让独眼龙,不,让林主任背你去民政所。"

瘫子瞪他一眼:"我的腿断了,胳膊没有断,凭两只手编箩筐,吃、穿、住样样不缺!"

独眼龙说:"黎书记,他要说的是修桥!源潭一个上千人的大村,小桥是唯一的出路,可桥上只铺了几块楼板,一不小心人就掉进了河里!"

黎明扫了独眼龙一眼:"这事情归村里管嘛!"

瘫子说:"村里不是归你管吗?"

独眼龙跟着敲边鼓,把黎明往墙角里逼:"前两任书记都没有管好这件事,现在就看你了!"

瘫子威胁说:"你要也不管,我就爬着去找中央台的'今日说法',那就不是修不修桥的事了,而是要求赔偿!题目我都想好了:残疾军人又折一腿,责任应该由谁来负?"

独眼龙的一只独眼发出阴冷的光,画龙点睛地提示:"就是告领导不作为!"

这两个人,一个曾经找过"焦点访谈",一个又要找"今日说法",黎明自然想起了李书记的下场。他权衡了一下,挥挥手说:"没有调查就没有发言权,我到现场看看再说吧。"

经过这次交锋,黎明初步领教了独眼龙的厉害。他想了一想,只好抽时间去了一趟源潭。源潭村前有条八米宽的小河,河面上架了两排楼板,楼板之间还隔着半尺宽的缝隙,这样虽然能过行人和拖拉机,可走上去总叫人提心吊胆的。

黎明叫来村干部,问为什么不加宽加固桥面。村里的老支书说没有钱,而以瘫子为首的村民说,每年的提留款里都有修桥费,这么多年加起来,修两座桥也够了!

独眼龙插话说:"到底收了多少钱,查一查账目不就清楚了吗?"

其实,这是小孩子都知道的道理,根本不用独眼龙提醒。黎明想:前两任书记为什么不查账、不修桥?这里边肯定有猫腻。独眼龙煽风点火,不过是给自己出难题而已。也好,我再把"球"踢回去。黎明当场拍板:"那就清查账目,用清出来的钱修桥。如果清不出钱来,这桥也要修,那就靠大家集资了,到时候可别说是乱摊派!查账、修桥,这事就交给林立主任全权负责!"

农村的账目是容易查的么?集资款是容易收的么?不料独眼龙的独眼里这时却放出光彩,他拍着胸脯说:"那就看我的吧!"

黎明打道回府,心里说:你独眼龙就在这里折腾吧。

独眼龙连书记、乡长都敢得罪,怎么会把几个村干部放在眼里?他请来乡财政所、农经站、审计所的专业人员,把源潭村的账目翻了个底朝天。查了一个月,还真查出不少钱,老支书贪污公款八万元,村会计挪用公款四万元,公款吃喝十万元!

独眼龙回到乡政府,把清查结果一一摊在黎明面前,挑衅似的说:"现在该你说怎么办了!"

其实是该黎明作难了。他刚接到省城一个电话,那是老支书的一个亲戚打来的,要他黎明手下留情。可独眼龙虎视眈眈地盯着他,他敢手下留情么?

独眼龙不给他任何退路,说:"这些材料,我让财会人员多复制了一份。黎书记如果有难处,我就把它送到县里去!"

黎明知道,独眼龙要办的事情,那是不可阻挡的,既然如此,也只有顺其自然,以免牵连自己。想到这里,他定了定神,说:"我有什么为难的?违法的移交司法机关,挪用的退还,吃喝的吐出来!我只是怕你为难,因为这件事你要负责到底!"

送走独眼龙,黎明就给省城那位大领导回了电话,说这里有块绊脚石,天不怕地不怕,谁拿他也没办法。因此,你委托的事情,我只能说对不起了!省城那边只是冷笑了几声,"叭"地挂断了电话,弄得黎明好几天都没睡踏实。

独眼龙在这边却干得挺欢:老支书被抓,村会计被撤职,流失的十几万元公款被如数追回。一座钢筋水泥大桥也就很快建成了。

独眼龙在负责清账、建桥期间,黎明给卫生办添了一个清洁工,独眼龙的主任才算名副其实了。要说,独眼龙应该感谢黎明才是,不料独眼龙回到机关不久,就找上门来跟黎明谈话了。

独眼龙挺严肃:"黎明同志,据我所知,昨天晚上在县城凤凰大酒店,姓马的包工头请你喝酒?"

黎明一怔:"那又怎么样?"

独眼龙冷笑道:"商人多吝啬,如果无利可图,连一块骨头都舍不得扔!"

黎明有些恼火:"你这是什么意思?"

独眼龙说:"你心里明白。"

黎明的脸上就有些挂不住了。乡机关准备建办公楼,各路建筑队都想揽下这个工程,虽说乡党委决定公开招标,但让谁干不让谁干,最终拍板的还是他这个一把手。昨天晚上,姓马的包工头在酒桌上表示,如果接下了工程,他可以给十万元的红包。这十万元,是几个建筑队中出价最高的,黎明没有马上答应,不是君子不爱财,他是想等一等,看有没有出价更高的。没想到独眼龙像条猎狗一样,已经嗅出了味道。

独眼龙临走扔下一句话:"你好自为之吧!"

黎明有些六神无主了。说实在的,他十分需要这笔钱,儿子在省城上寄宿制中学,花钱如流水,弄得自己都快挺不住了,好不容易逮着个捞钱的机会,八字这才写了一撇,独眼龙就当面提出警告,接下来怎么办?

黎明想不出好办法,又怕因小失大翻了船,只好忍痛割爱,放弃到了嘴边的肥肉,对包工头的"表示"一概谢绝。他表面上一副廉洁的模样,心里却把独眼龙恨得要死。

蛤蟆乡的办公楼破土动工,实实在在是公开招标,一把手没有捞好处,其他副职就不能染指分一杯羹。黎明为了出心中的恶气,就指名道姓派独眼龙当监工,让这个家伙把天下的人得罪完拉倒。独眼龙不知道遭了暗算,几乎是二十四小时守在工地上,别人连一根铁钉也休想拿走,建筑队想偷工减料就更不可能了。办公楼落成后,审计局来一审计,结果竟比其他乡镇的同类工程节约开支八十万元!

但是，黎明却高兴不起来，时下官场有句流行话："当官不发财，请我也不来。"可这一年在独眼龙监视之下，黎明在经济上几乎没有捞到什么好处。俗话说：退一步海阔天空。惹不起还躲不起？黎明打算去组织部找人活动一下，换个乡镇去当书记，远远离开独眼龙这块绊脚石。

不料，组织部的领导先来找黎明了，而且是市委组织部的领导。市里选拔副处级干部，黎明榜上有名。组织部领导说："黎明啊，你的主要政绩有三项：第一，为群众办实事，到任以后就为源潭村解决了建桥问题，该村一个残疾军人还多次写信表扬你。第二，惩治腐败不手软，源潭村那个很有后台的老支书被拉下马。第三，廉洁自律，建办公楼那么大一个工程，作为一把手没有捞一分钱好处。因此，组织上决定破格提拔，给予重用！"

太出人意料了，黎明费了好大的劲，才使自己平静下来。他言不由衷地谦虚起来："这都是我应该做的，感谢组织上的关心！"

阴错阳差，黎明捡了个大便宜。不过，他冷静下来想想，也总结出了一条为官的经验。如果有一个人时刻盯着你，你就不至于栽跟头。如此看来，独眼龙不是绊脚石，而是一块铺路石了！

黎明当上了邻县的副县长，临走的时候，他专门宴请独眼龙，恭恭敬敬地给独眼龙敬了三杯酒，说："老林，谢谢你了！我已经向组织上介绍了我取得政绩的真相，并向组织上推荐了你。以你的品质和能力，当书记、乡长一点也不过分！"

独眼龙笑笑，独眼里闪动着真诚的光芒，他说："谢谢你。我这副尊容，不适宜坐主席台。就让我在台下，用一只眼盯着你们这些台上的人吧！"

黎明与独眼龙碰了一杯酒，说："有你这一只眼睛在背后盯着，我今后的路会走得更平稳！"

（曲范杰）

（题图：黄全昌）

老憨卖瓜

　　老憨是一个瓜果贩子,五十来岁,因为时常发憨脾气,所以得此雅号。

　　夏日里的一天,天热得遍地冒火,让人喘不过气来,老憨开了一辆三轮货车,贩了一车西瓜到城里去卖。路过交通岗,两个临时抽来帮助检查的纠察一举写有"停"字的小木牌,大声喝道:"停车,检查!"

　　老憨停了车,两个纠察四只眼睛盯着绿油油的西瓜,喉结上下不断地动着。好半天,其中一个胖纠察回过神来,围着小三轮转了一圈,然后好像很随意地拿起一个大西瓜,用手指弹了几下,忍不住夸道:"嗬,好瓜,味道肯定不错!"

　　老憨一听,连连点头:"对、对,个个都熟透了,不沙不甜不要钱,怎么样,买一个吧?"

　　两个纠察愣了一下,又说了半天西瓜能防暑降温的话,但老憨就是不接话茬,只是不住地用毛巾擦着满头的大汗。

　　两个纠察终于失去了耐心,脸一板,说:"你的车超载了,罚款!"

　　老憨憨脾气上来了:"这点西瓜就超载了? 你们这是什么标准?"

　　"安全第一就是标准。罚款二十元!"胖纠察一边写罚款单,一边又轻声补了一句,"其实你也就是超载了两三个西瓜。"

　　老憨脸憋得通红,猛地掏出一张百元大钞,高声嚷道:"我认罚,找钱!"

　　老憨气呼呼地将车开走了,胖纠察拿起对讲机,与前面路口的纠察说了一通话,最后嘱咐道:"待会别忘了,扣下的瓜送几个来,这狗日的天,热死了。"

　　果然,老憨的车没走多远,就被写有"停"字的小木牌拦住了,上来一高一矮两个纠察。

　　高纠察像是发现了新大陆似的大呼小叫起来:"你没上过安全课吗? 瞧瞧,东西装这么高,万一发生意外,人命关天呐!"说着,就做出要开罚款单的样子。

　　这时,矮纠察走到三轮货车旁,打着哈哈问老憨:"你的瓜是新品种吧? 一看就知道很好吃的。"

　　老憨忙说:"我是凭良心做生意的,不好的瓜我从来不卖。"

　　矮纠察笑了:"看得出来,你是个老实人,也是个明白人。"他说完,仰头看了一下天,自说自话道:"这鬼天气,把人都烤干了。"

　　见老憨没反应,他脸顿时就拉长了,对高纠察说:"给他开罚单!"

　　老憨火气又上来了:"刚才已经罚过了……"

　　"他们是他们,我们是我们,不交罚款就扣车!"

　　老憨傻眼了,最后无可奈何地掏出了二十元钱。

三轮货车终于驶近城区,老憨心里一块石头刚落地,突然后面由远而近响起了警笛声,很快老憨又被一辆巡查的警车拦住了。

老憨赶紧掏出两张罚款单,说:"我已经被罚了两次了。"

警车上下来的人说:"我们不罚款,我们的宗旨是将问题就地解决。现在你这车超载了,你把车上多装的瓜卸下来,直到不超载为止。"

老憨再也忍不住了,他涨红着脸大声吼道:"这天底下还有王法吗?你们不是说我超载吗,好,我现在自己就地解决!"

老憨朝围上来的路人挥挥手:"都过来吃西瓜,免费不要钱。"说着自己带头吃了起来,一边吃,一边还问,"现在还超载吗?现在还超载吗?"

几个纠察面面相觑,一时不知该说什么好。

老憨和围观的群众一个个吃得肚子滚圆,大家实在吃不下去了,老憨望着车上剩下的西瓜,一弓腰,搬起一个大西瓜,奋力地朝路边的污水沟里摔去。一个,又一个,一会儿就摔碎了一大堆,草丛中流淌着红红的西瓜汁,在太阳光照射下,就像流了满地的血,格外令人惊心动魄。

事后,老憨的儿子责怪老憨:"爸,你也真是,当时你给他们几个瓜不就没事了?"

老憨撇了撇嘴,说:"净胡扯!我问你,咱家的猪原本吃鸡不?"

儿子回答:"不吃鸡。"

"那后来怎么吃了?"

"是妈尽把死鸡扔给猪吃。"

老憨忍不住长叹一口气:"咳——咱家的猪原本是不吃鸡的,是你妈把鸡送到了猪的嘴里,猪吃馋了,见了鸡就想吃。这事儿,你说该怪谁?"

(赵庆平)

(题图:魏忠善)

下　　跪

　　腊月二十五，人们都在忙忙碌碌地准备过大年，中午，一辆红旗轿车从县政府大院开出，漫天风雪中风驰电掣，直向远郊奔去。

　　眼看快到目的地的时候，忽然车轮一个打滑，轿车栽进了路边深沟里，四轮朝天，车身都扁了，车里的人被车底盘压着，死活出不来，只好大叫"救命"。

　　凄惨的叫声招来了附近的村民，他们探头一看，开车的就是本县县长刘大光，于是不仅不肯动手相救，反而都忍不住破口大骂："活该！"

　　奇怪啊，这是怎么回事？

　　说起来，刘大光原来就是这村里土生土长的娃子，当年他上县城读书，还是乡亲们一起凑钱给他付的学费。可没想后来他在县城里做起了官老爷,步步高升之际,却露出了忘恩薄情的劣性,又沾染上官场的那些腐败气儿,不仅不为家乡父老谋福,还想着各种法子搜刮民脂民膏。乡亲们一怒之下去县城告他,结果刘大光竟下令把领头的几个抓进公安局。乡亲们都气得咒他不得好死,所以现在看到他这副样子,都说这真是恶有恶报啊!

而此刻,刘大光在摔扁了的车里正使劲挣扎着,听着身边老婆孩子的哭声,他心里急得直冒烟儿,忍着痛朝车外大叫:"你们快来救人啊!"可是他喊哑了嗓门,就是没人理睬。他明白过来了:今天就是任自己喊破嗓子,也不会有人来帮忙的。

眼看着天色渐渐暗下来,耳听着车里孩子的哭声越来越弱,黑压压的人群里走出来一个庄稼汉子,朝大伙儿挥挥手说:"孩子毕竟没错呀,见死不救我们还算人吗?"说着,便跳下沟去。

这汉子姓牛,年纪虽轻,在村里却特有威望,大伙都管他叫"牛头"。乡亲们毕竟是善良之人,一些年轻力壮的便都跟着牛头跳下沟去,大家齐心协力一起动手,终于把轿车翻过个儿来,牛头便用力去拽车里的女人和孩子。

就在这时,只听"哐啷"一声响,刘大光自个儿撞开了车门,人从车里摔出来,在地上滚成了一堆雪泥。老半天,他摇摇晃晃地站起身来,望着周围的乡亲们,忽然"扑通"一声跪倒在地上,什么话都不说。人们把女人和孩子抱上公路后,牛头就去拉刘大光,可他一动不动,山似的僵在那里;再猛一拽,他竟轰然倒地,却仍保持着那下跪的姿势。

县长刘大光死了,没人觉得可惜,也没人为他伤心,这事转眼就过去了三十多年。

这年盛夏,年过七旬的牛头为乡亲们手里的白条一直不能兑现的事儿,领头闯到了市政府,点名要见市委书记,可门卫就是不让进。就在双方僵持不下的时候,里面走出来一位年轻的女同志,十分关切地问:"有什么事吗?"

门卫赶紧报告说："这帮农民要告状，他们不去信访办，偏在这里闹着要见您。"

原来这位年轻的女同志就是市委书记！

女书记很严肃地对门卫说："老百姓来找我们反映问题，这怎么是闹呢？哪能把人家拦在这儿？"她向牛头他们招招手，示意大伙跟着她进院子里去。

于是乡亲们跟着女书记走进了市委大楼。他们有些激动，市委的楼比县里的、乡里的都高，咋高楼比低楼还容易进呢？

女书记很亲切，一脸笑容地亲自给每个人让座、倒茶。大伙屁股还没坐稳，就开始嚷嚷起来，女书记说："大家别急，有事儿慢慢说，有啥说啥。"于是牛头就代表大家，一鼓作气把当地干部的所作所为来了个兜底翻。

女书记久久不语地坐着，然后站起来，在房间里走了几步，她转过身来，目不转睛地注视着大家，目光像利剑，英气逼人。可是看着看着，她竟流起泪来；更让人想不到的是，突然她"啪"地给这些来告状的乡亲们跪下了。

世世代代脸朝黄土背朝天的农民，哪见过这样的阵势？他们一个个你看我、我看你，不知该咋办，连牛头也愣在了那儿。

女书记终于开口说话了，她哽咽着说："你们都是我的父老乡亲，生了我，养了我，也救了我。你们也许还记得，三十多年前你们的县长刘大光，他就是我的父亲。父亲死的时候我还小，不懂得父亲临死前为什么要给你们下跪。现在我知道了，那都是他欠下的呀！"

大伙儿一听，眼前这位女书记竟就是刘大光的女儿！那她不也是我们村里的娃子？

牛头连忙去拉她，说："刘书记，别这样，快起来，起来。"

刘书记摇摇头，说："大伯，您甭叫我书记，您就叫我小柯，我就是当年您亲手救下的刘小柯呀！大伯，你们放心，也请村里的父老乡亲们放心,我们市委、市政府一定会尽快把你们反映的问题调查清楚,给大家一个满意的答复!"

牛头立时老泪纵横,大伙儿都激动得说不出话来。

果然,第二天市委工作组就直接深入到村里来了。不久,乡亲们反映的问题得到了彻底解决,相关领导受到不同程度的处分,各种乱摊派、乱收费项目都被清理干净,乡亲们手里的白条也先后一一兑现。而且事后,大家还知道,那个被就地免职的情节最严重的乡长,是刘书记的一个亲表兄。消息传出,乡亲们个个竖大拇指。

这一年春节将临的时候,刘书记思乡情切,想回去给乡亲们拜个年,可是没想到却在回乡途中出了车祸。临终前,这位女书记只有一个愿望,就是希望能为自己在家乡立一个下跪的塑像。她说:"做父母官的,世世代代都要以民为尊,为民下跪。"

本来这事儿由治丧委员会负责,可是当他们来到刘书记的家乡,没进村就被村民们挡住了。白发苍苍的牛头含着泪说:"小柯是我们村的娃子,她回家过年,这事儿得我们自己来办。"村民们自个儿凑钱,请来这一带最有名的石匠,连夜开工,"叮叮当当"干了起来……

腊月二十九那天,塑像眼看着就要完成了,天空突然纷纷扬扬飘起了雪花,牛头对石匠说:"下雪了,给咱小柯加件棉衣吧?"

石匠点点头说:"是啊,刘书记这么辛苦,是得穿暖点儿呀!"他使出浑身解数,日夜不停地干,终于赶在年三十前,完了工。

这是一尊刘小柯的坐像,满脸带笑,好像正在和乡亲们说话。大伙儿说,小柯活着的时候已经给大家跪过,不能再跪了,得让她坐下来,和大家一起过年。

(晾　城)

(题图:王申生)

会说话的狗

　　今儿是个好日子，刘大成下午刚到家，他妈就从老家来电话，告诉他说小狗点点会说话了。听到这个消息，刘大成可兴奋了：天哪！点点真的会说话？那可真是太好了！

　　这事儿得从两个月前说起。那天，老太太进城来儿子家，不知为什么，家里的小狗点点跟老太太特别亲热，老太太走到哪，点点就跟到哪。老太太在儿子家住了几天，最让大成两口子惊讶的是，一家人正在看电视，点点蹭着茶几腿要撒尿，老太太突然喊了声："点点，到外面去上厕所！"结果一向我行我素的点点转身就跟着老太太出了客厅。回来后，老太太给点点发了一连串指令，点点居然一一照做，让躺就躺，让闭眼就闭眼，让打滚儿就打滚儿，做得分毫不差，大成两口子简直看呆了，眼睛瞪得溜圆。

大成媳妇齐燕立刻向老太太讨教训狗的诀窍,老太太乐了:"这算什么呀,如果换了大成他爸在这儿,像点点这么有灵性的狗,说不定还能让它像人一样说话!"

大成两口子听愣了:"像人一样说话,这怎么可能?"

老太太说:"也难怪,你们没有听过《灵狗经》啊!"

"《灵狗经》?"大成和齐燕简直觉得就像是在听《天方夜谭》。

老太太告诉儿子、儿媳说,《灵狗经》是刘家世代相传的一本神书,照书上说的法子驯狗,就能把有灵性的狗调教得像人一样说话;早年间,刘家祖上还有人专门被慈禧聘到宫里去驯狗呢!

齐燕忍不住问:"那他是不是把宫里所有的狗都教得会说话了?"

老太太笑着摇摇头:"哪有那么多有灵性的狗? 会说话的只有一只!"

老太太说,刘家那位先人把狗教会了之后,有天夜里他正在跟狗说话,不巧给一个起夜的太监撞见,吓得差点尿裤子,连夜通报慈禧,说宫里那条狗成精了,慈禧听了也害怕,于是就调来火枪手,把那条有灵性的狗和刘家那位先人都打死了。

大成听得入了神,不由追问道:"妈,那后来呢,那本《灵狗经》呢? 被慈溪没收了?"

老太太说,那位先人当然必死无疑,不过《灵狗经》倒是传了下来,因为当时就没带进宫;怕为经书再招杀身之祸,刘家的传人当时就背下经文,然后一把火把经书烧了。从此,刘家就立下了规矩:《灵狗经》口传心授,秘不外泄。

"妈,那……那这一代传人就是咱爸了?"大成听得两眼发亮,齐燕也是心跳加快。

"可不是!"

老太太这一个"可不是",简直把大成两口子高兴懵了,他们做梦也没有想到,自己家里竟然藏着这么一个天大的秘密,竟然可以让狗说话,这要公布开来,还不闹个全球超级大地震?唉,怪就怪进城之后回家太少,以至于这么大的秘密自己居然不知道,要不是妈来,自己还蒙在鼓里。

老太太要回老家时,儿子、儿媳非要老人把点点带上,说是回去让老爸调教调教,说不定真会开口说话。两口子私下里悄悄合计过:点点一旦开了金口,可是一件不得了的事情,到那时候还费劲巴拉的上什么班,点点就是家里的滚滚财源啊!

老太太走后,大成两口子天天惦着点点什么时候能说话,一天几次往老家打电话。大成爸倒也不嫌烦,给两口子汇报起来半天不放电话。所以今天老太太打电话来说点点会说话了,让两口子兴奋得一蹦丈八高,他们饭也顾不上吃,就盘算起以后的发财事来。

第二天一大早,大成和齐燕就坐上长途汽车回老家。两个人风尘仆仆刚踏进老家的门,大成就迫不及待地问他妈:"妈,点点呢?点点上哪儿去了?"齐燕早已从包里抓出一包火腿肠,准备好好犒劳点点。

老太太还没来得及回话,"呼"地一声响,点点已经风一样地从门外扑了进来。"小宝贝,你可想死我们了!"两口子刹那间激动得抱起点点就是一阵乱亲,"好乖乖,快!快叫'爸爸妈妈'!"不知是怕生呢还是害羞,点点冲着大成和齐燕拼命摇尾巴,可就是一声不吭。

正闹腾着,门外进来一个老汉,大成和齐燕一看,是大伯。

大伯瞅着大成两口子,一脸的不屑:"这狗要是会说话,那日头不是从西边出来了?

可大成这会儿却是兴奋过了头,根本没注意大伯的脸色,冲口说:"大伯,这你就不知道了,点点可不是一般的狗……"

大伯鼻子里"哼"一声:"不是一般的狗又怎么样,还当真能说人话?"

"当然能!"大成和齐燕不约而同地喊起来,"大伯,你不懂……"

大伯早就窝着一肚子的火,顿时脸就沉了下来,说:"我不懂? 我看你们都不懂怎么说人话了,点点还能说?"他越说越来气,"你们两口子好好瞧瞧自己,这些日子你们天天往家里打电话,可电话里都说些啥? 啊?"

大成和齐燕你看看我、我看看你,一头雾水:大伯咋啦?

他们把目光齐刷刷转到老太太身上。这时,老太太脸上红一阵、白一阵的,她把大成拉到一边,抹着泪说:"儿子呀,你可别怪妈,妈在你家里说的那些话都是骗你的。你爸病了,却一直不让我告诉你,怕影响你们工作,可他又总一个人守着电话发呆,于是你大伯就给我出了那主意……唉,这两年你爸身子骨一天不如一天,前天去检查,医生说他胃里长了个瘤子,要做手术。你爸这年纪呀,他担心这回上了手术台就再也下不来了……"

大伯在一旁忍不住又训斥大成道:"你个混账东西,像话吗? 三四年都不想着回家,平时电话也不来几个。你叫点点喊你们爸妈,可你们心里有爸妈吗? 这些日子你一天几个电话往家里打,张口就是狗狗狗,哼,我看你书都读到狗肚子里去了! 你知道吗? 你爸现在最盼什么? 就盼你回来看看他! 他怕你回来住不惯,特地把房子翻了新,连喜欢的火炕也拆了……可你,哪像个儿子? 这几年春节你知道他们怎么过的? 电视里唱着'常回家看看',他们可是抹着眼泪过的年……"

大伯越说越生气,却见大成和齐燕呆呆地望着门口,张了张口,却喊不出声来。大伯回头一看,不知什么时候,门口站着一个人影,手里还拎着一包药,可不正是大成爸……

(赵宏昌)

（**题图**:箭　中）

站在明处说话

　　这天，上任不久的靠山村主任林海生气坏了，不知谁一纸举报，把他的生财之道给活生生卡断了。

　　事情是这样的：林海生有个城里的亲戚，不久前找到他说，想租用他们村背后的一块荒地，做工业废品分解场。意思就是，他把废品运到这里，有用的拣出来，没用的一把火烧了。摆在桌面上的，他每月给村里一千元租地费；桌面下的，那就只有天知地知、他知林海生知了。可谁知第一车废品刚刚运到靠山村，环保局的人就来了，说是接到村民举报特地赶来的。这事儿自然就泡了汤！

　　林海生心里火啊：刚上任就被人来了个下马威，而且还不知道举报者到底是谁，发火也找不到对象。后来，林海生心里实在憋不住,就到村路上去,见着人就吐着唾沫星子发无名火:"哪个狗娘养的,有本事明着来嘛,躲在背后捅刀子,算什么好汉……"村里人被他骂的次数多了,从此见到他就远远地避开。

这天中午,林海生见村口有一伙人站着,就走过去又骂了起来。可这次他刚骂开口,那伙人里就有一个白头发的"呼"地站出来,说:"你别骂了,我告诉你,是我举报的!"

站出来的这人叫林大树,六十多岁了,有点文化,早年也当过村干部,现在基本上在家闲着。他冲着林海生说:"你天天像只疯狗似的骂街,还像个干部吗? 也不先想想自己这事儿做得对不对。要是对的话,政府会不给你做? 这举报有什么错? 明着来又怎么啦,现在我就整个儿站在你面前!"

林大树这一串"连珠炮",义正辞严,咄咄逼人,把林海生轰懵了。林海生原先料定不会有人敢站出来,他只是想煞煞举报人的威风,待嗅出是谁的时候再给他吃点暗苦头,可想不到现在这人当面站出来了,他一下子措手不及,不知道该怎么说话了。

"你……你……算你狠!"他跺了跺脚,别转身就走。

村里人都为林大树捏一把汗:这老头子,以后有好果子吃了!

消息传开,林大树的儿子林小兵简直要气疯了。林小兵办着一家工厂,租的是村里的房子,最近正准备扩大生产规模,很多事情要找林海生商量,在这个节骨眼上,爹这么横插一杠子,这不是要他的命吗?

林大树一回到家,林小兵就一迭声地埋怨:"爹啊爹,你逞什么能呀? 举报就举报了呗,怎么还站出来承认?"

林大树说:"让他天天这么骂着,好听啊?"

林小兵说:"他骂就骂嘛! 本来你在暗处,他奈何不了你什么,可现在倒好,你站出来,这不是自己给人家树靶子打吗?"

林大树说:"我都六十多了,他能打我什么?"

林小兵简直要哭出来了："爹,你是不怕他打,可你把我给害苦啦!"

"我害苦你什么了?"林大树闹不明白了。

林小兵说:"爹呀,你是真不懂还是假不懂? 我的厂子要扩大规模,想征用河对岸那块杂地;规模一扩大,用电量就要增加,条条电路都得通过村里的变压器……反正,我动一动,都要他这个村主任点头,他若卡我,我还怎么透气? 就是明着不卡,可若是找个理由今天'研究研究'、明天'商量商量',我就有得苦头吃了,不被他卡死也被他拖死……"

林大树听儿子说到这里再也听不下去了,跳起来说:"我就不相信,我站在明处说话,他敢躲在暗处使坏?"

林小兵连连摇头:爹太不了解现在的社会了! 但想想事已至此,也就住了口。

其实,林小兵已经把征用杂地、扩大生产规模的报告写好了,在口袋里揣了几天,磨磨蹭蹭地一直犹豫着是不是马上就去找林海生批。这天,他吃过早饭正在那片杂地边转,正好碰上林海生走过,他硬着头皮,试探着很热情地上去招呼,可林海生鼻子里阴阴地"哼"了一声,爱理不理地擦着他的身边走过,就像是根本没听到似的,把个林小兵气得,又拿他没办法。

林大树得知后,一把夺过儿子手里的报告,说声"我去",就直奔村委会而去。

此时,林海生正在村委会办公室,好几个村干部也在。林大树一脚踏进门,把报告往林海生面前一放,说:"因为我举报了你,我儿子就不敢来找你,怕你记恨我,给他小鞋穿。我说你是堂堂一村之长,是为大家办事的干部,会只有这么点气量吗? 再说,我也是为了大家的事,又是站在明处说话,你会这么没水平吗?"

林大树"哒哒哒"一席话,把林海生逼到了墙角,他还能怎么说呢？村干部都在场，即使他肚里有疙瘩，这时候总也要表现出一点村主任的风度来吧？

于是，只见林海生哈哈一笑，洒脱地开口道："你这个儿子啊，真是把我看扁啦，我会这么小鸡肚肠吗？我骂几句，也不是说举报不对，只是觉得有事不该背后说。你拍着胸脯站出来，这就好嘛！要是记恨你，我还配坐在这儿吗？"说着，林海生还倒了杯水，很热情地递到林大树手里，说，"让小兵放心，一切公事公办，同等条件下，还要优先。为什么？就冲着你关心村里的事，又光明正大，站在明处说话！"

果然，第二天报告就批下来了。

这事儿在靠山村引起了极大的震动，有人将信将疑，去问林海生，林海生的话掷地有声："一点不假。站在明处说话的人，我佩服！"

于是这以后，好多人开始跃跃欲试了，有点什么事都当面对林海生说，说完再添一句："对不对，你去考虑，我站在明处说话。"而林海生呢，每当此时总是显得很大度："你站在明处说话，我就向你保证：有则改之，无则加勉。"

事情就是怪，渐渐地，"站在明处说话"竟成了靠山村人的一种习惯。特别是林海生，开始是被林大树"逼上梁山"，后来是"上马容易下马难"，再后来却是尝到了甜头，越来越适应这种习惯了。村民站在明处说话，他站在明处办事，同大家感情融洽，事情办得亮亮堂堂，村民们越来越拥戴他，他也越来越觉得这个干部当得爽气。特别是一年后，邻村发生的一场灾难，使他的感受更深刻了。

原来，林海生那个亲戚在他这里受阻后，就悄悄找到邻村的村主任，把废品分解场设到了那里，最近因为不知是什么废品，运来焚烧时产生了大量毒气，熏倒了村里一百多位男女老少，赔偿几十万元医药费不说，人也被拘留了……事情一出，林海生吓出一身冷汗:要不是当时林大树及时举报,这场灾难说不定就落在自己头上。他越想越后怕,从心底里真心诚意地感激林大树,他从自己口袋里掏出一千元钱来,当即设了个"村民直言奖",和村干部们一起敲锣打鼓地将奖金送到林大树家里。

可林大树怎么也不肯领这个奖,拒绝的原因让大家都出乎意料!林大树说,其实那个举报人根本就不是他,他也不知道是谁举报的,他当时只觉得举报有道理,林海生屡次骂街太不像话,与其让他这样疑神疑鬼地骂,不如自己站出来。林大树说,他不能无功受禄,这一千元奖金,应该奖给那个真正的举报人。

林海生听了林大树这番解说大为惊异,他在村口贴出启事,情真意切地恳请举报人来领奖,可是几天过去了,就是没人出来。后来,林海生收到一封匿名信,信上说他就是举报人,但他没有资格领奖,因为他虽然举报了,但林大树挺身而出站在明处说话,起的作用太大了,要是没有林大树这么做,靠山村就不可能有今天这个样子,所以这个奖应该给林大树……

现在在靠山村,只要谁在背后窃窃私语,有人就会说:"别背后多嘴了,站在明处说话吧!"

(赵和松)

(题图:谢　颖)